LA PROIE DU WINDIGO

TOME 1

MÉLANIE DUFRESNE

Publié à Québec

Couverture par Karol Kinal

ISBN-13 papier : 978-2-9819290-3-7
ISBN-13 ePub : 978-1-3938356-7-7

Dépôt légal : 2020
Bibliothèque et Archives nationales du Québec
Bibliothèque et Archives Canada

Prologue

La bête rôdait dans le corridor, juste de l'autre côté de la porte. Qu'elle soit sous sa forme humaine importait peu. C'était un monstre mangeur de chair humaine.

Marc recula et percuta le bras du sofa. Ses cercles de protection tiendraient d'ici à ce qu'il appelle des renforts. Sa magie offensive n'était plus qu'un mince filet dans ses veines et elle ne suffirait pas à repousser une créature aussi puissante que le Windigo.

– Ouvre la porte. Je veux seulement discuter.

Un frisson d'horreur lui remonta le dos. Il attrapa son téléphone et considéra l'écran. Les loups-garous seraient probablement les plus aptes à l'aider. Mais ça mettrait Ellie en danger. La jeune fille avait survécu à trop d'horreurs et elle ne méritait pas de voir son quotidien ruiné par l'intrusion de ce monstre. L'Alliance des mages serait un meilleur choix. Leur unité pourrait intervenir rapidement.

La porte-fenêtre coulissa avec un couinement. Marc sursauta et fit volte-face. Il aurait juré que le Windigo était encore dans le corridor. La lueur du lampadaire de rue éclairait une silhouette en contrepoint sur le balcon. Elle avança d'un pas et lui sourit, révélant ses canines pointues.

Horrifié, il regarda la maîtresse des vampires lui faire signe de venir à elle. Comme le nid était à Montréal, il n'avait jamais jugé utile de se prémunir contre ces créatures. Il leva la main pour tracer un symbole défensif. Les yeux du vampire miroitèrent dans l'obscurité et la volonté de Marc céda misérablement. Il se dirigea vers la fenêtre d'un pas saccadé, incapable de refuser l'appel.

Avec un peu de chance, le Windigo ne réussirait pas à mettre la main sur Ellie sans sa présence pour l'aiguiller. Et même si Félicitée lui voulait du mal, elle ne pourrait pas lui réserver un sort pire que le monstre.

Chapitre 1

Québec, aujourd'hui

La plupart du temps, je n'avais pas de séquelles. Mais il arrivait que les monstres gagnent. Le cri d'une femme me prit par surprise et mon dos se raidit. Mes muscles étaient si crispés que j'arrivais à peine à respirer. Je pivotai sur moi-même à la recherche d'un abri. Pour me retrouver face à plus de deux cents étudiants sur l'aire gazonnée du campus.

Les nouveaux étaient déguisés et les autres portaient des t-shirts colorés avec le slogan de la campagne universitaire. Je fermai les yeux et inspirai à plusieurs reprises. L'odeur de vinaigre et d'œuf me prit au nez. Rien de tel pour revenir au présent.

Une silhouette agita un bras devant moi et je fis un effort pour me concentrer. Longs cheveux blonds avec une bouche en cœur et des yeux de la couleur du chocolat fondu, la démarche de Geneviève était immanquable. Une fois à proximité, elle fronça les sourcils. Je me plaquai un sourire aux lèvres pour éviter d'alarmer mon amie.

– Est-ce que tu viens animer la dernière quête avant qu'on termine la journée?

Je secouai la tête, bien consciente de revenir sur ma parole. Mais je sentais la sueur perler sur mon front. Même si le pire était passé, je ne serais pas en mesure de me détendre avant un moment. Hors de question d'aller persécuter les nouveaux. Les épaules de Geneviève s'affaissèrent et ma gorge se serra.

– Tu pourrais quand même faire preuve d'un peu plus d'enthousiasme.

– J'ai détesté le subir. Je ne vois pas pourquoi je prendrais plaisir à le faire aux autres.

— Justement. C'est de la justice karmique. Et puis ça leur forge le caractère.

Je m'efforçai de respirer par la bouche le temps que la vague de nausée passe. Geneviève ne sembla pas se rendre compte de mon malaise et agita les mains entre nous.

— C'est la tradition. Tu sais, une pratique ou un savoir hérité du passé, répété de génération en génération.

Je secouai la tête et citai nos notes de cours.

— Une tradition est un acte porteur de valeur et de signification pour un groupe humain particulier. Il n'y a aucune valeur à se faire ridiculiser.

Geneviève me fit une grimace exaspérée. Nous nous étions rencontrés lors de notre premier cours d'anthropologie l'année précédente et notre amitié avait été instantanée. Elle avait une facilité avec les gens qui me faisait cruellement défaut. En restant dans son sillage, j'avais fait connaissance de presque la moitié du campus. Elle haussa les épaules avec une moue.

— De toute façon, on a presque fini.

Son regard se porta derrière moi. Elle sourit et pointa du menton.

— Et juste pour la vue, ça vaut bien la peine d'être resté.

Je me tournai lentement et jetai un coup d'œil discret par-dessus mon épaule. Karl Bragason se tenait à une dizaine de mètres de nous. Il était en dernière année de son baccalauréat en économique. Il dépassait tout le monde autour de lui d'au moins dix centimètres. Ses cheveux blonds encadraient un front dégagé et haut. Il avait la mâchoire carrée et un long nez droit. Ses yeux étaient bleus, mais plus près du turquoise que de mon bleu pâle. Les rares fois où il souriait, mon cœur manquait un battement.

J'avais googlé son nom de famille, et assurément il était d'origine scandinave. Il faisait partie du club de crosscountry du Rouge et Or et ça se voyait. Il avait les épaules fortes et les muscles bien définis, mais avec cette proportion typique des coureurs d'endurance. J'étais prête à parier que sous son t-shirt se cachaient des abdos en acier.

— Si tu veux aller lui parler, je peux m'occuper seule des nouveaux.

Je me tournai vers Geneviève, les yeux plissés. Elle souriait de toutes ses dents, consciente que je n'avais pas l'audace de l'approcher ainsi.

— Ce n'est pas mon humiliation qui est au menu du jour. Merci quand même.

Elle gloussa et se pencha pour ramasser les foulards que nous avions utilisés pour la dernière activité. Je pris la boîte et l'aidai.

— Tu devrais quand même tenter ta chance avant qu'il obtienne son diplôme.

Je secouai la tête. J'avais aperçu Karl sur le campus pour la première fois l'hiver passé. Nous avions un horaire semblable et des locaux à proximité deux jours par semaine. Pas une seule fois il n'avait posé les yeux sur moi. Il faut admettre que je n'avais pas un physique à faire tourner les têtes, mais quand même.

La génétique m'avait donné des cheveux blond vénitien, des yeux bleus et la banale hauteur d'un mètre soixante-cinq. Avec suffisamment de maquillage et un éclairage flatteur, j'étais capable de ressembler à l'actrice Evan Rachel Wood. Malheureusement, j'en étais venu à croire que je n'étais tout simplement pas son type. Entre temps, rien ne m'empêchait d'apprécier la vue.

— Toujours partante pour le kickboxing ce soir? demanda Geneviève.

J'acquiesçai. L'exercice me ferait du bien et dissiperait les dernières raideurs musculaires causées par la crise de panique. Je fermai la boîte et me relevai à temps pour voir

Bastien, mon frère adoptif, se diriger vers nous. Je jetai un coup d'œil à Geneviève. Elle ne l'avait pas encore remarqué.

Depuis leur première rencontre, elle était tombée sous son charme. Même si je le voyais comme un frère, je pouvais comprendre. Bastien était un meneur né. Les gens étaient invariablement attirés dans son orbite. Geneviève avait posé quelques questions et je lui avais expliqué qu'il était le fils de mes tuteurs légaux. Elle avait donc décidé de tenter sa chance.

Ce que j'avais omis de lui expliquer, c'est que Bastien était le fils du chef de la meute locale de loups-garous et que mes tuteurs avaient fait falsifier mes papiers d'adoption par un mage après le meurtre de mes parents. Les coupables n'avaient jamais été traduits en justice. Les loups-garous bestiaux n'ont pas une espérance de vie très longue. C'était le genre de sujet difficile à aborder, même après quelques verres.

Une fois à ma hauteur, Bastien m'attrapa par le cou et m'embrassa sur la joue. Il faisait au moins une tête de plus que moi. Avec ses cheveux châtains en bataille et un perpétuel sourire taquin aux lèvres, il avait l'air plutôt inoffensif. Mais je savais qu'il pratiquait plusieurs arts martiaux et que, dans ses temps libres, il aimait faire du vélo de route. Jumelé à sa nature surnaturelle, ça lui donnait une force et une endurance impressionnante. Il salua Geneviève de sa main libre.

– Mesdames, comment se passe la persécution traditionnelle des recrues?

Elle me fit signe.

– Je te l'avais dit, c'est une question de tradition et on n'en déroge pas.

Il sourit et me secoua doucement.

– Ellie et ses scrupules.

Je retroussai le nez et lui tirai la langue. Je vivais au sein d'un groupe de prédateurs depuis l'âge de cinq ans.

J'avais beaucoup moins de scrupules que la plupart des gens. La violence faisait partie de leur quotidien, et j'avais arrêté de compter le nombre de lois que j'avais vu enfreindre.

J'enfonçai un doigt dans les côtes de Bastien, facilement accessibles vu son bras sur mes épaules. C'était de la triche de me taquiner devant une humaine banale. Je décidai de retourner ses paroles contre lui.

— Par chance, j'ai un champion pour défendre mon honneur.

Bastien rigola et s'éloigna pour éviter d'autres représailles.

— Un champion à l'armure fêlée, dit-il.

Geneviève haussa les sourcils, perplexe.

— C'est le prix à payer pour avoir vaincu la bête, ajouta-t-il avant de se tourner vers moi. As-tu deux minutes? Papa veut que je te mette au courant des dernières nouvelles.

Autrement dit, ça concernait la meute. J'acquiesçai avant de froncer les sourcils à l'intention de Geneviève. Devant son regard inquisiteur, j'articulai « on en reparle ». Elle roula des yeux et me congédia du revers de la main. Elle se tourna vers les autres étudiants de deuxième année de notre groupe. Je suivis Bastien à l'ombre de l'un des ormes, à l'écart des oreilles indiscrètes.

— Vaincre la bête, répétai-je. Vraiment?

— Tu m'as demandé de ne pas t'appeler princesse, alors ça te laisse le rôle de la bête.

— C'est tout moi, ça. Une véritable terreur.

Se faire traiter de monstre par quelqu'un qui se transforme en bête poilue de cent quatre-vingt-dix kilos avec des dents à faire pâlir d'envie un grizzly[1], c'était flatteur. Bastien mit une main sur son cœur.

---

[1] Sous-espèce d'ours brun commune au Nord des États-Unis et du Canada.

– Ma famille vit dans l'oppression depuis quinze ans.

– Ta famille vivait déjà dans l'oppression bien avant mon arrivée. Christian s'est toujours très bien débrouillé sur cet aspect. D'ailleurs, quel message t'a-t-il demandé de me transmettre?

– Il veut que tu sois prudente. La table de discussions commence officiellement vendredi, mais la plupart des participants sont déjà en ville. Les Saulteux sont particulièrement de mauvaise humeur.

– Pas de bain de minuit, c'est noté.

Il faisait référence aux Maymaygwashi, créatures aquatiques au physique enfantin, et non à la tribu amérindienne. Elles étaient originaires des Grands Lacs et avaient la fâcheuse tendance à noyer les baigneurs insouciants. À mon avis, de toutes les créatures surnaturelles que la table de discussions allait attirer, les Saulteux étaient les derniers à craindre. Les vampires et les sasquatchs venaient rarement à Québec et ils ne me reconnaîtraient pas. Mon statut de pupille de la meute ne me serait pas très utile si le pire devait arriver.

Bastien se passa une main dans les cheveux avec un air frustré. Je fronçai les sourcils.

– Quoi? demandai-je.

– Christian m'a demandé d'être le garde du corps de la fille du duc.

Le noble en question était un membre de la dynastie des Rois-Mages, l'instance dirigeante du monde surnaturel. Leur base était en Europe, plus précisément en Italie. Christian collaborait avec le duc Nikolaj depuis des années dans l'espoir d'obtenir une déclaration d'indépendance pour la meute.

De récents développements avaient révélé que d'autres groupes de surnaturels voulaient suivre le mouvement. L'esprit indépendantiste courrait dans les veines des Québécois, aussi bien les normaux que les surnaturels. La table des discussions avait été organisée pour établir les priorités de tous dans l'espoir de faire front commun. Leur tentative aurait d'autant plus de poids auprès du Roi-Mage s'ils prouvaient le sérieux de leurs démarches.

Certaines factions étaient toutefois farouchement opposées à l'idée de bousculer le *statu quo*. Le duc devait craindre pour la sécurité de sa famille. Mais quelque chose me disait que l'affectation ne faisait pas entièrement plaisir à Bastien.

– C'est une belle marque de confiance, répondis-je prudemment.

Il acquiesça, la mine sombre.

– Mais ça veut dire que je ne pourrai pas avoir un œil sur toi.

Ah. Je n'étais pas une princesse, mais il me considérait quand même comme une demoiselle en détresse. Je respirai profondément. Les loups-garous, surtout les dominants, avaient tendance à être protecteurs. Ce n'était pas personnel, seulement instinctif.

– Je suis sûre que je vais m'en sortir indemne. Mon week-end est plutôt chargé. Je devrais être en mesure de rester loin de toute l'agitation.

Il me regarda sans rien dire. J'écartai les bras en réponse à son silence.

– Si Christian est si inquiet, il n'a qu'à m'attribuer un garde du corps. Dans le cas contraire, on se voit dimanche soir et tu me raconteras tes péripéties de gardiennage.

Son nez se plissa avec une grimace. La fille du duc était âgée d'une douzaine d'années, l'âge ingrat où on voudrait être traité en adulte, mais où on agit encore en enfant.

– Une dernière chose, Christian veut que tu passes voir Greg.

Je fronçai les sourcils.

– J'ai mon cours de kickboxing. Je n'aurai pas le temps.

Il écarta les mains.

– Tu t'entraîneras demain.

Je pinçai les lèvres pour éviter de lui répondre une bêtise. Après tout, il n'était que le messager. Je savais d'expérience qu'il était inutile d'appeler Christian pour demander un changement de plan. Bastien me fit un sourire compatissant.

– Il faut que la table des discussions se passe bien. On doit tous faire notre part.

Mes épaules s'affaissèrent et j'acquiesçai. Il m'attira vers lui et me serra dans ses bras. Il était inutile de tirer sur le messager, alors je lui rendis son étreinte. Je n'étais pas vraiment du genre à apprécier les contacts physiques, mais les loups-garous étaient des gens très tactiles. J'avais appris à les laisser faire.

Après m'avoir fait promettre une fois de plus d'être prudente, Bastien s'éloigna. Je revins vers l'endroit où étaient regroupés les étudiants du bac en anthropologie. Je repérai rapidement mon amie. Son regard était fixé sur mon frère adoptif, l'air songeur.

– Arrête de lui mater le derrière.

Elle me fit face. J'avais voulu la taquiner, mais son expression était sérieuse.

– Les deux dernières fois où je l'ai invité, il a refusé.

Mon cœur se serra pour elle. Je ne pouvais pas vraiment lui expliquer le refus de Bastien sans révéler la nature surnaturelle de ma famille adoptive. Je changeai plutôt de sujet.

– Je vais devoir te fausser compagnie pour ce soir.

Geneviève croisa les bras avec un regard offusqué.

– C'est à cause de lui?

Je secouai la tête avec une grimace.

– Je dois aller voir mon oncle. Il ne va pas très bien et il faut garder un œil sur lui.

Ce n'était pas entièrement la vérité. Greg ne partageait pas de lien de parenté avec moi, mais il avait été présent toute mon enfance. Ces dernières années, je l'avais vu décliner et Christian m'avait demandé de lui rendre visite régulièrement. Je lui devais bien ça.

– Est-ce que tu viens me rejoindre au pub universitaire ce soir, alors?

– Tu m'enverras un message texte lorsque vous y serez.

Elle me souhaita bonne chance et me salua de la main. Je lançai un au revoir général à notre groupe avant de m'éloigner de la pelouse du Grand axe. Je fis un détour pour éviter les étudiants du bac en histoire, déguisés en soldats romains. Plusieurs voitures faisaient la file sur la rue de la Terrasse et je traversai en courant pour me diriger vers le stationnement du PEPS[2].

Je levai les yeux vers le stade de football, plus loin sur la ville et finalement au-delà, sur les montagnes du massif des Laurentides qui se perdaient dans un nuage bleuté d'humidité. Je me faufilai entre les rangées de voitures pour arriver à ma fidèle Golf 1998 vert forêt. Elle détonnait entre les autres voitures plus récentes, mais au moins, elle n'avait pas de rouille. Une fois à l'intérieur, je savourai un bref instant de silence avant de démarrer le moteur et d'ouvrir toutes les fenêtres.

Le mois d'août avait été misérable, avec de la pluie et des températures fraîches. Jusqu'à la semaine passée. Nous en étions à la huitième journée consécutive au-dessus de

---

[2] Pavillon de l'éducation physique et des sports de l'Université Laval

vingt-cinq degrés Celsius pour la première fois depuis la mi-juillet. Il n'y avait vraiment aucune justice en ce bas monde.

Chapitre 2

Je sortis du campus et me dirigeai vers les Halles Sainte-Foy. Le stationnement était si rempli que je dus faire le tour deux fois avant de réussir à prendre la place d'un client qui partait. J'entrai dans le centre commercial et me dirigeai vers la boucherie spécialisée. Lorsque vint mon tour d'être servie, je saluai le nouvel employé et plaçai ma commande. Il haussa les sourcils.

– Vous attendez beaucoup de monde.

Je toussai dans ma main pour éviter de lui répondre de se mêler de ses affaires. Comme il semblait attendre une réaction de ma part, j'acquiesçai. Après un regard perplexe devant mon manque de volubilité, il se mit enfin à préparer ma commande. J'espérais sincèrement que le commis habituel serait de retour la semaine prochaine.

Je repartis avec mes dix kilos de steak que j'installai sur le siège côté passager. Si seulement le pauvre commis savait. Toute cette viande était destinée à une seule personne et serait certainement consommée dans son entièreté en quelques jours. Crue de préférence.

Je mis la voiture en marche et me dirigeai vers la Base de plein air de Sainte-Foy. La circulation était dense et je dus prendre mon mal en patience. Mais une fois au parc, la ville disparut au profit des arbres. Je ralentis pour prendre le chemin de gravier et traversai le stationnement pour ressortir de l'autre côté, sur la rue Laberge.

Ma destination était une vieille maison cubique à quelques distances de la forêt. Elle avait un toit plat, une série de fenêtres étroites sur chaque côté et une galerie recouverte sur toute la façade avant. Le bâtiment avait connu des jours meilleurs et le revêtement de bois aurait eu besoin d'une bonne couche de peinture. Je me stationnai sur le côté et sortis avec mon précieux paquet.

Les planches de la véranda résonnèrent sous mes pieds alors que je grimpais les marches. Je frappai deux coups à la porte de la cuisine d'été et testai la poignée. Elle tourna sans résistance et je passai la tête à l'intérieur. La fraîcheur de l'air climatisé me fit frissonner. J'hésitai dans le cadre de porte.

– Greg?

– Dans la salle à manger.

Je rentrai et refermai la porte derrière moi en douceur. Mon premier arrêt fut le frigo pour y déposer la viande. Je me lavai les mains et fis de mon mieux pour détendre mes épaules crispées. Je traversai le seuil entre la cuisine et la salle à manger.

Greg était debout à l'autre extrémité de la table avec des dizaines de documents éparpillés autour de lui. Il avait gardé le regard rivé sur sa feuille, ce qui m'empêchait de juger de son humeur. La tension dans ses épaules et la crispation de ses mains étaient mauvais signe.

Je pris le document le plus près, consciente que la table ne l'arrêterait pas s'il décidait de s'en prendre à moi. J'étais persuadée que Greg était encore assez lucide pour faire preuve de modération. Mais cette réserve avait une date d'expiration.

Tout comme ma famille adoptive, Greg faisait partie de la catégorie des loups-garous. Une différence majeure les séparait cependant. Bastien et sa famille étaient d'origine irlandaise et issus d'une lignée de métamorphes connus sous le nom de Faoladh. Leurs aptitudes étaient un trait génétique passé d'une génération à l'autre. Ils étaient généralement reconnus dans le folklore irlandais comme des gardiens ou des protecteurs, parfois même des héros de guerre.

De son côté, Greg avait fait des choix de vie douteux et avait été maudit par une sorcière, trente-cinq ans plus tôt. Depuis cette rencontre fatidique, il prenait la forme d'un loup monstrueux à chaque pleine lune. Sous sa forme bestiale, il retenait peu de ses caractéristiques humaines, ce qui faisait de lui un prédateur dangereux.

Chaque année qui passait voyait sa nature animale influencer un peu plus sa personnalité humaine. Même si cette forme de lycanthropie pouvait être contagieuse, mon espérance de vie serait de courte durée s'il perdait contrôle. Greg releva la tête et m'étudia. Ses yeux autrefois bruns avaient pris une teinte ambrée depuis quelque temps. Je bloquai les genoux pour m'empêcher de reculer.

– Comment vas-tu, Ellie?

– Bien, merci, mentis-je. Qu'est-ce que c'est?

J'agitai la feuille en direction de la table. Greg passa une main dans ses cheveux grisonnants. Son regard survola le désordre comme s'il venait tout juste de le remarquer. Mes épaules se relâchèrent avec le soulagement de ne plus être le centre de son attention.

– Je viens d'apprendre le décès d'un oncle aux États-Unis. Mon frère et moi sommes ses seuls héritiers. Je dois retrouver mon frère pour l'avertir et ensuite je devrai démêler toutes les règles fiscales entourant un héritage en provenance d'un pays étranger.

Je redéposai la feuille avec circonspection. Greg n'avait jamais mentionné de famille. Il avait rejoint la meute avant mon arrivée. Son rôle consistait à surveiller les visiteurs surnaturels pendant leurs déplacements sur le territoire de la meute. Christian lui déléguait parfois certaines tâches ponctuelles. Il avait déjà joué les taxis ou les chaperons pour moi quand personne d'autre n'était disponible. En échange, la meute lui versait un petit salaire. Et le fournissait en viande fraîche.

Comme Greg semblait préoccupé par cette histoire d'héritage, je pris place sur une chaise dans l'espoir de dissiper la tension. Il m'offrit un sourire dérisoire, conscient de la raison de mon geste. La prochaine lune était dans dix jours. Ça aurait dû être suffisant. Ça l'avait été par le passé. Je préférais mettre toutes les chances de mon côté.

— Je ne suis pas assez fou pour mordre la main qui me nourrit.

J'ignorai son commentaire pour éviter de perdre le peu de courage qu'il me restait.

— Je t'ai apporté de la bavette, de la surlonge et du faux-filet.

Greg acquiesça.

— Est-ce que tu participes à la table des discussions? demandai-je.

— Non. Christian a demandé que je surveille le quartier pendant que tout le monde est occupé ailleurs.

La plupart des membres de la meute habitaient dans le même secteur résidentiel. Si tous les adultes aptes au combat étaient absents, les conjointes et les enfants seraient vulnérables. Nous ne nous attendions pas à des actes hostiles, mais il valait mieux ne pas sous-estimer nos invités. La plupart d'entre eux étaient des prédateurs dangereux pris individuellement. En groupe, ils avaient le potentiel d'une petite force armée.

— Comment se passe la rentrée? demanda-t-il.

Je haussai les épaules.

— Comme à chaque année. J'ai juste hâte de rentrer dans le vif du sujet et d'oublier ces histoires d'initiation.

Il sourit et des pattes d'oies apparurent aux coins de ses yeux.

— C'est un passage obligé. Comme étudiante en anthropologie, tu devrais comprendre la nécessité de développer le sentiment d'appartenance.

Je grimaçai.

— Oui, les rituels de passage et tout ça. Je préfère écrire une vingtaine de pages sur le sujet plutôt que d'être au centre de l'action.

Il acquiesça et mit ses mains dans ses poches. Je soupirai de soulagement à ce signe positif.

— Toujours sur les lignes de côté, dit-il. Un peu comme moi.

Il pencha la tête sur le côté. Je déglutis sous l'intensité de son regard.

— Quoi de neuf avec la meute? poursuivit-il.

Je jouai avec les feuilles devant moi. De par sa nature, Greg cohabitait difficilement avec d'autres prédateurs, raison pour laquelle il n'habitait pas avec le reste de la meute. Sa maison n'avait qu'un seul voisin et la forêt de la Base de plein air occupait tout l'arrière.

Comme j'étais une simple humaine et que c'était sur ma route, Christian m'avait demandé de lui apporter de la viande une fois par semaine. Comme collaborateur, Greg restait en périphérie de la vie sociale de la meute. Aussi, je choisis donc la dernière rumeur inoffensive entendue ce matin.

— Gill et Keiran se sont battus à cause d'une fille.

Greg se frotta l'arrière de la tête d'une main. Son gilet s'étira avec le mouvement et attira mon regard sur son torse. Alors qu'il avait toujours eu le physique d'un bûcheron, il avait maintenant l'air de revenir d'un mauvais hiver en forêt. Et ce n'était pas faute de manger à sa faim. Sa nature animale le rongeait de l'intérieur.

— J'imagine que Keiran a gagné.

Je reportai mon attention sur la discussion. C'était une déduction logique : Keiran était le plus vieux et le plus costaud des deux. Son expérience aurait dû jouer en sa faveur. Je secouai la tête.

– Gill était plus motivé.

– Ah. Bon à savoir.

Ces chers loups-garous, toujours à observer les faiblesses des autres. Je réprimai l'envie de bêler comme une brebis. Nul besoin de lui rappeler à quel point j'étais vulnérable. Pour éviter de trahir mes pensées, je me levai et me dirigeai vers une des fenêtres donnant sur l'arrière de la maison. Il fit un pas pour suivre mon mouvement, mais s'arrêta.

– Christian les a quand même rétrogradés pour le week-end, ajoutai-je en guise de distraction. Keiran devait coordonner une bonne partie de la logistique de la table des discussions. Il est furieux.

Greg grogna son approbation.

– Aussi tentante que soit une jolie fille, les conséquences en valent rarement la peine.

Je haussai un sourcil. Cette discussion prenait une drôle de direction.

– Ô grand sage, permet moi de me retirer avant que la tentation ne soit trop grande.

Il roula des yeux et agita la main vers la porte. Je lui fis une petite révérence avec une jupe imaginaire avant de tourner les talons. Une fois dehors, je relâchai mon souffle et les larmes me montèrent aux yeux.

Éventuellement, Christian devrait mettre fin aux jours de Greg. Avant que la bête ne prenne trop l'ascendant sur l'homme. D'ici là, j'étais obligé d'être le témoin de cette lente déchéance. Mon cœur se serra en repensant à l'homme décontracté et sympathique qui m'avait appris à suivre des pistes d'animaux en forêt. J'avais passé des après-midi complets avec lui et sa compagnie avait toujours été apaisante. Ces jours-ci, il aurait été hors de question de le laisser seul avec un enfant.

Chapitre 3

Je remontai dans ma voiture et me dirigeai vers l'autoroute. Toutes les fenêtres ouvertes, l'odeur de la banlieue fut la bienvenue après une journée passée en ville. Je sortis quelques kilomètres plus loin et montai vers le nord sur la Route de Fossembault. La meute vivait dans un quartier parallèle à la route principale.

Bien que sur le territoire de la municipalité de Sainte-Catherine-de-la-Jacques-Cartier, le secteur était en retrait du cœur du village à proprement parler. Un mélange de sapins, de bouleaux et d'érables formait un écran presque impénétrable tout autour.

Comme le secteur se terminait sur un cul-de-sac, la circulation y était limitée. Il y avait une vingtaine de maisons, avec deux terrains en construction tout au bout. Chaque maison comptait au minimum un ou deux loups-garous. Et tout ce beau monde partageait des liens de parenté. C'était à la fois rassurant et effrayant.

Le trajet était plutôt long à faire matin et soir, surtout l'hiver. À la moindre tempête, la Route de Fossambault se transformait en patinoire et la circulation ralentissait à la vitesse d'une tortue asthmatique. Les carambolages étaient fréquents, malgré les divers chantiers pour la rendre plus sécuritaire. Il m'arrivait d'emprunter le divan de Geneviève, qui avait le bon sens d'habiter dans un immeuble à appartements à cinq minutes du campus.

La maison de mes tuteurs se trouvait en plein milieu du quartier, complètement dissimulée à la vue des passants. C'était une construction d'une quinzaine d'années de deux étages avec un mélange de pierre grise et de bois blond. Malgré son style contemporain, les ornements du toit et de la galerie tout en noir rappelaient un peu le look campagnard pour mieux se fondre dans le secteur. Un garage détaché double aux mêmes couleurs se trouvait juste à côté.

Arrivée à la maison, je stationnai ma voiture derrière celle de Bridget, la femme de Christian et ma mère adoptive. J'attrapai mon sac à dos sur le siège arrière et fermai la portière.

– Salut Ellie! crièrent deux voix de concert.

Je me tournai pour voir passer les jumeaux sur leurs vélos. Je leur envoyai un signe de la main. Jacob et Léo avaient sept ans et étaient la source de beaucoup de chaos. Leur mère était une personne stricte, mais elle en avait plein les bras avec les trois plus jeunes d'âge préscolaire. Les garçons en profitaient régulièrement, et d'un commun accord, tous les adultes de la communauté se relayaient pour les surveiller.

Je cherchai du regard et assurément, je trouvai Jannon, leur grand-père, assis sur la galerie de sa maison. Ses sourcils broussailleux lui donnaient un air sévère, mais c'était aussi un excellent musicien qui ne manquait jamais une occasion de faire danser les autres. Il acquiesça dans ma direction, comme s'il avait lu dans mes pensées. Je lui souris et me dirigeai vers la maison.

Une odeur de sauce spaghetti m'accueillit lorsque j'ouvris la porte. J'inspirai avec satisfaction. Comme le premier étage était une grande aire ouverte, j'avais une vue directe sur la cuisine, la salle à manger et le salon. Bridget était debout à l'îlot central en train de préparer une salade.

Âgée de cinquante-six ans, elle était un peu plus grande que moi, avec des yeux noisette et des cheveux acajou aux reflets cuivrés. Elle avait le teint parfaitement clair et pas une seule ride. Elle aurait pu passer pour ma sœur aînée. Je la saluai et elle me sourit en réponse.

– Besoin d'un coup de main?

– Tu peux préparer la salade de fruits pour le dessert.

Je déposai mon sac à dos au passage et allai me laver les mains à l'évier.

– Comment va Greg? demanda-t-elle.

– Sur les dents.

Elle se tourna vers moi et m'inspecta du regard. Je secouai la tête pour dissiper ses inquiétudes.

– Juste nerveux, clarifiai-je.

– Je vais voir avec Christian si quelqu'un d'autre peut prendre la relève.

Ma gorge se serra et je m'affairai à sortir les fruits du frigo.

– Est-ce que Bastien t'a parlé des Saulteux?

– Il a passé le message, répondis-je. Demain, j'ai un cours en matinée. Samedi, je passerai la journée au stade pour la partie de football du Rouge et Or contre les Carabins. Dimanche, je reste sagement à la maison. Je serai en sécurité et je ne vous causerai pas de problème.

Elle m'envoya un regard réprobateur.

– Je le sais bien, Ellie. Tu nous as donné quelques cheveux blancs, mais tu ne nous as jamais causé de problème, dit-elle avec un sourire pour adoucir ses paroles. Nous craignons plutôt que nos visiteurs causent de l'agitation. Le genre de sujets que nous allons aborder ce week-end a tendance à susciter les passions. Un essaim de vampires offensés est beaucoup plus inquiétant qu'un groupe de supporteurs des Carabins après un match perdu.

J'acquiesçai. Les vampires étaient le groupe avec les liens les plus étroits avec l'Europe. Christian s'attendait à ce qu'ils s'opposent farouchement à l'indépendance de l'Amérique du Nord.

Lors de la colonisation, le règne du Roi-Mage s'était étendu de façon incontestée sur le nouveau continent. Mais les choses changent et la réalité des deux continents avait divergé. Les mentalités avaient évolué différemment et la plupart des créatures surnaturelles indigènes aux Amériques souhaitaient se dérober aux règles établies par l'Europe.

D'autre part, certaines créatures surnaturelles européennes s'étaient établies en Amérique à peu près en même temps que les premières incursions vikings. Ces individus reconnaissaient difficilement l'autorité du Roi-Mage, ayant survécu des centaines d'années loin de son influence.

Ainsi s'étaient créés deux groupes. Le groupe des séparatistes rassemblait principalement les Shamans, les élémentaux, les animaux-esprits et les Faoladh. Les pro-européens s'étaient baptisé la Faction et regroupaient en majorité les vampires, les Faes et les démons. Ces derniers étaient un peu plus agressifs dans leur position. Toutefois, les deux groupes étaient d'égale puissance, autant en force physique que surnaturelle. La situation était donc restée stable. Jusqu'à maintenant.

— Est-ce que tu participes à la rencontre préliminaire de ce soir? demandai-je à Bridget.

Elle secoua la tête.

— Christian n'a pas besoin de moi. Ils vont simplement faire un tour d'horizon de leurs positions et de la façon dont ils vont gérer les imprévus. Je vais plutôt revoir nos mesures de sécurité avec les Sentinelles. Samedi, je serai présente pour rappeler à ces misogynes européens que, même si une femme n'a jamais accédé au trône en Europe, ici nous avons droit de parole.

Je consentis d'un sourire devant la ferveur de Bridget. Son côté féministe m'avait toujours laissé perplexe. Je supposais que c'était le résultat d'être née dans une société où la cause des femmes avait déjà bien progressé. N'ayant jamais été victime d'une injustice basée sur mon sexe, je ne sentais pas le besoin de militer pour cette cause.

— Annick y participe. Elle a demandé si tu pouvais garder Camille ce soir et je lui ai dit que tu serais là vers 18 h 30.

Je m'arrêtai, les mains pleines de fruits au-dessus du bol. Je n'avais aucune envie de faire faux bond à Geneviève deux fois de suite. Je déposai les derniers morceaux avec circonspection.

— Est-ce qu'il y a quelqu'un d'autre qui pourrait y aller à ma place?

Bridget jeta un coup d'œil à l'horloge du four derrière moi.

— C'est un peu tard pour changer ses plans. Et Camille t'adore.

Je soupirai silencieusement et mis les derniers fruits dans le bol. Camille était une petite fille adorable. Je ne pouvais pas me plaindre. Geneviève serait déçue, mais elle ne manquerait certainement pas de compagnie considérant que c'était le party de la rentrée.

Résignée à passer une soirée plus tranquille que prévu, je vérifiai l'heure. J'aurais tout juste le temps de prendre une douche et faire le trajet. C'était peut-être mieux ainsi. Ça éviterait à Bridget de tourner autour du pot avec les Sentinelles en ma présence.

— Je ne pourrai pas rester pour souper. Surtout si tu attends les autres.

Bridget me fit signe avec la cuillère de bois.

— Va te préparer. Ton assiette sera prête quand tu redescendras.

Je la remerciai et montai au deuxième étage. La première chambre était celle des maîtres, suivie par un bureau. Je continuai vers la chambre du fond. Même si la maison était suffisamment grande pour que nous ayons tous notre chambre à l'étage, Bastien dormait au sous-sol.

Ses parents l'y avaient déménagé à l'adolescence. Je n'avais jamais eu d'explications complètes sur le sujet, mais je me doutais que c'était pour surveiller nos activités nocturnes. Ou tout du moins, s'assurer que nous dormions chacun dans notre lit. Ce qui avait été le cas, la plupart du temps.

Après mon arrivée, j'avais souvent changé de chambre pendant la nuit. J'étais incapable de dormir, seule dans le noir. La présence de Bastien m'avait épargné plus d'une nuit blanche. Ironiquement, au moment où nos parents avaient fait le changement, j'avais presque complètement arrêté de le faire.

Ma chambre était confortable, mais fonctionnelle, avec un pupitre sous la fenêtre et un sofa de lecture dans un coin. Les murs étaient couleur sauge et les rideaux étaient un ton plus foncé. La couette était gris souris et parfaitement moelleuse. Mais mon endroit préféré pour étudier était le tapis blanc à longues mèches. Bridget soupirait de découragement à chaque fois qu'elle me trouvait installée au sol.

Je traversai la pièce et attrapai des vêtements confortables pour jouer avec une fillette de quatre ans. Dans la salle de bain, je ne perdis pas de temps et pris ma douche en vitesse. Je terminai mes préparatifs avec mon sac à dos. J'échangeai mes manuels scolaires contre ma liseuse électronique, mon matériel à dessin et un sac de bonbons pour Camille. Cinq minutes plus tard, j'étais de retour en bas. Le temps de finir mon assiette et remercier Bridget, la première Sentinelle passait la porte.

Bryan avait plus l'air d'un mauvais garçon que d'un chef de sécurité. Avec sa veste de cuir et ses cheveux châtains stylisés en vague sur le côté, il cachait sa vivacité d'esprit derrière une attitude nonchalante. Ce qui faisait de lui un excellent bras droit pour Christian.

– Salut Bryan, dis-je.

— Hey, Ellie, répondit-il, les sourcils froncés.

Il était déjà Sentinelle à mon arrivée parmi les Faoladh, comme le témoignaient les filaments de gris dans sa courte barbe. Et d'aussi loin que mon souvenir remontait, ma présence avait toujours semblé le déranger. Je mis mon assiette dans le lave-vaisselle après l'avoir rincée.

— Ne t'inquiète pas, je m'en vais. Bonne soirée.

Il ouvrit la bouche pour me répondre, mais l'arrivée de Sorcha, une autre Sentinelle, l'en empêcha. Elle l'attrapa par le cou et l'attira vers le bas pour lui faire une bise. Avec son physique de gymnaste, Sorcha était beaucoup plus petite que la plupart des Faoladh, mais elle rivalisait en agilité et en rapidité. Ses longs cheveux roux étaient actuellement teints rose cendré. Avec son menton pointu et ses traits délicats, elle avait l'air d'avoir mon âge plutôt que son quarante.

Bridget s'éloigna pour saluer les nouveaux venus. Comme l'entrée principale était un peu trop bondée à mon goût, je me dirigeai vers la porte de côté, au bout de la cuisine. Je préférais m'éclipser rapidement plutôt que d'échanger des banalités en sachant pertinemment qu'ils attendaient mon départ pour discuter des véritables questions.

Une fois dehors, je traversai la terrasse et longeai la maison jusqu'aux voitures. Heureusement, personne ne s'était stationné derrière moi. Alors que je reculais, Rian, la troisième Sentinelle, arriva. Je lui envoyai un signe de la main en réponse à son salut.

La meute m'avait accueillie quinze ans auparavant. Toutefois, je savais pertinemment que je n'étais pas une des leurs. La plupart d'entre eux m'appréciaient, mais j'étais une simple humaine et à ce titre, je n'étais pas digne d'être dans la confidence.

J'avais déjà entendu Bryan parler du risque que je représentais pour leur communauté. Christian s'était fâché et avait mis fin à la discussion. Âgée de douze ans à cette époque, j'avais beaucoup pleuré. Dans ma naïveté d'enfant, je les considérais tous comme ma deuxième famille.

Par la suite, j'avais été plus circonspecte, consciente que c'était par la volonté de Christian que j'avais un foyer. Je faisais de mon mieux pour ne pas être là où on ne voulait pas de moi. Malgré tout, les regards réprobateurs de Bryan n'en étaient pas moins fréquents. On ne peut pas plaire à tout le monde.

Chapitre 4

Je pris la Route de Fossambault vers le nord et tournai sur la route des Érables. Cette partie du trajet m'avait toujours plu, avec toute la verdure et son chemin sinueux. Je notai avec regret l'ajout de nouveaux chantiers de construction pour d'énormes maisons de ville.

Je poursuivis jusqu'à Loretteville, le soleil dans mon rétroviseur. Camille et sa mère restaient en bordure de la réserve amérindienne Wendake. C'était une maison de plain-pied en brique beige avec des volets et du bardeau gris-bleu. L'aménagement paysagé à l'avant se limitait à quelques cèdres, mais je savais que la cour arrière abritait un énorme jardin d'aromatiques et de légumes. Je me stationnai dans la rue pour ne pas bloquer la voiture d'Annick. La porte s'ouvrit alors que je mettais le pied sur le perron.

Camille se rua sur moi et je l'attrapai de justesse avant que sa tête entre en contact avec mon ventre. Je la soulevai et lui fis un câlin. Elle me rendit mon étreinte, ses bras autour de mon cou, sa joue pressée contre la mienne.

Malgré un physique délicat, Camille possédait une réserve d'énergie inépuisable. Ses cheveux noirs et droits me chatouillèrent le nez alors qu'elle gigotait pour redescendre. Elle releva la tête, tout sourire. Ses yeux étaient d'un brun assez foncé pour paraître noir dans la pénombre. Avec un nez étroit et des pommettes basses, elle avait le teint beaucoup plus basané que le mien.

— Tu devrais me dire quelle sorte de crème solaire tu utilises. Si seulement je pouvais bronzer comme toi, la taquinai-je.

Avec mon teint clair, il faudrait plus que de la crème pour me donner un hâle. Je passai une main dans les cheveux de Camille alors qu'elle gloussait. Les pointes en étaient délavées par de longues heures au soleil.

— As-tu ton maillot de bain? demanda-t-elle.

— Non, je n'y ai pas pensé.

— Maman va te prêter le sien.

Elle partit en courant vers la chambre de sa mère. Je refermai la porte et déposai mon sac. Annick revint avec sa fille et me salua. Même si elle avait la même taille que moi, la ressemblance s'arrêtait là. Annick avait le même teint que sa fille et des cheveux d'un noir de jais. Ses yeux étaient un peu plus clairs que ceux de Camille, avoisinant le noisette. Quelques pattes d'oies aux coins des yeux venaient adoucir son visage au front haut et au nez légèrement busqué.

— Merci d'avoir accepté pour ce soir.

— Pas de problème. Ça me fait plaisir.

Même si ça n'avait pas été mon premier choix, j'étais quand même contente de passer la soirée avec Camille. La semaine de la rentrée avait été éreintante, et si je regrettais de manquer le party de ce soir, je n'en serais que plus en forme pour le cours de demain. Et je savais qu'en acceptant, je rendais non seulement service à Annick, j'achetais la paix d'esprit de mes tuteurs.

J'avais déjà remarqué par le passé que les voisins avaient un œil sur Camille et moi en l'absence de sa mère. J'étais convaincue que mon rôle de gardienne avait été orchestré par Christian plus d'une fois pour me garder loin des ennuis et sous bonne surveillance.

Lorsque j'en étais venu à ce constat, ma première réaction avait été la frustration. Ce soir-là, alors que Camille dormait, j'avais tourné en rond, décidée à confronter Christian. À mon retour, le soulagement de Bridget avait douché mon ardeur. Certaines batailles ne valaient pas la peine d'être menées.

— Je t'ai laissé un maillot sur le lit, me dit-elle.

Camille fit un câlin à sa mère et repartit ensuite à toute vitesse vers sa chambre pour se changer. Annick me souhaita bonne chance avec un sourire entendu. Je refermai la porte derrière elle et allai me changer aussi.

Une fois dans la piscine, Camille s'installa sur l'énorme flamant rose gonflable. Pour ma part, je pris place dans les marches, de l'eau jusqu'à la taille.

– Dis-moi quelque chose de drôle, dit-elle.

C'était un jeu que j'avais inventé la première fois que je l'avais gardée. Elle était inconsolable après le départ de sa mère et j'avais voulu lui changer les idées. Je réfléchis un instant.

– Ah, je sais. Bastien joue à la gardienne ce soir, lui aussi.

– Oh?

Elle se redressa, amusée par cette idée. Je lui souris.

– Ou peut-être au chevalier servant. Il garde la fille du duc.

Camille grimaça. Malgré son jeune âge, elle avait déjà des opinions bien arrêtées. La plupart de ces opinions étaient fondées sur des bribes d'informations incomplètes, ce qui rendait toujours la chose divertissante à entendre.

– Elle n'a pas de château. Ce n'est pas une vraie princesse. Appelle Bastien pour qu'il vienne se baigner à la place.

– Il ne peut pas. C'est Christian qui lui a demandé de le faire. « Quand le chef de meute parle, les Faoladh écoutent », imitai-je d'une voix grave.

Camille hocha la tête.

– Quand maman donne la parole des esprits, les guerriers écoutent. C'est comme ça.

Je lui souris.

– Dis-moi quelque chose de drôle, lui retournai-je.

Elle se coucha sur le dos et mit les pieds sur la tête du flamant rose. Elle se retourna presque aussitôt et rattrapa le cou de l'oiseau de justesse avant de tomber à l'eau.

— J'ai dit des gros mots devant Grand-père l'autre jour.

Je secouai la tête devant son regard amusé. Je n'avais jamais réussi à déterminer si Grand-père était un membre de sa famille, ou simplement un des aînés de la tribu. Mais je savais que c'était un puissant Shaman qu'il valait mieux ne pas contrarier.

— Pour me punir, il m'a obligé à l'aider dans son jardin.

J'éclatai de rire. En frais de punition, imposer une activité calme et paisible à Camille était tout indiqué. La petite plissa les yeux à mon amusement et prit un air boudeur.

— Pendant qu'il ne regardait pas, j'ai appelé tous les écureuils. Une fois que Grand-père a eu fini de les chasser du jardin, c'était l'heure de rentrer à la maison, dit-elle satisfaite.

Malgré son jeune âge, Camille était déjà en mesure d'utiliser plusieurs pouvoirs typiques des Shamans. Non seulement elle avait une affinité avec toutes les créatures du règne animal, mais aussi avec le monde des esprits. Je lui fis de gros yeux.

— Ce n'est pas drôle. Grand-père devait être furieux.

Elle haussa les épaules et me sourit d'un air conspirateur.

— L'autre jour, Grand-père a dit que j'étais trop petite pour être une Shaman. Quand il m'a ramené à la maison, il a dit à maman que je pouvais commencer à apprendre.

— Tu ferais bien d'écouter les consignes de Grand-père si tu veux qu'il t'enseigne.

Elle acquiesça avec enthousiasme. Elle releva la tête et pointa un oiseau dans le ciel.

— C'est le messager, dit-elle.

Je plissai les yeux avec une main en visière pour masquer le soleil couchant. Un faucon tournoyait au-dessus du quartier. Le couinement du flamant gonflable attira mon attention sur Camille. Assise le dos droit, elle me fixait du regard, les yeux comme illuminés par l'intérieur.

– Cours vite, cours loin, tu n'y échapperas pas. La bête vient et elle va réclamer son dû.

Je frissonnai de la tête aux pieds, le poil des bras complètement dressé. Camille cligna des yeux à quelques reprises et l'étrange luminosité se dissipa. Je tournai le regard vers le ciel et assurément, le faucon avait disparu.

Camille se mit à me parler d'un ami de sa garderie et me raconta une histoire un peu décousue à propos d'un jeu de devinettes. J'acquiesçai et fis mine de l'écouter. C'était la deuxième fois que la petite fille me faisait ce genre d'épisodes.

La première fois, j'en avais parlé à Annick et la semaine suivante, la prédiction de Camille s'était confirmée. À ce moment, elle avait mentionné le castor et le feu. Une recherche rapide m'avait appris que le castor était un bâtisseur et représentait souvent la persévérance et le travail d'équipe. La semaine suivante, un des chantiers de rénovations de mon pavillon avait pris feu. L'évacuation avait été faite à temps, mais le pavillon avait été fermé pendant plusieurs jours.

La prudence me portait à penser que c'était une coïncidence, sauf que ses pouvoirs grandissaient de façon exponentielle. D'autant plus que la table des discussions du lendemain avait attiré plus d'une « bête » dans la région. Les chances étaient élevées que je croise un surnaturel hostile.

Je parvins à faire sortir Camille de la piscine peu de temps après. Une fois son pyjama enfilé, elle se mit à sautiller sur place en réclamant un dessin. Je fis mine d'hésiter et elle me servit un sourire adorable. Lorsque je me mis à rire, elle courut chercher mon sac et je m'installai à la table.

– Qu'est-ce que je dessine, cette fois?

Elle plissa les lèvres et regarda le plafond. Son visage s'éclaira.

– Un hamster licorne.

Je clignai des yeux.

– De toutes les créatures, je ne pense pas que le hamster soit terriblement adapté à devenir une licorne.

Elle mit les mains sur ses hanches avec un air résolu.

– S'il y a des chats licornes et des chiens licornes, il y a des hamsters licornes.

Je levai les mains en signe de reddition et commençai à dessiner. Elle s'agenouilla sur la chaise à mes côtés et m'observa attentivement. Le processus de création la fascinait et elle était toujours émerveillée de voir les premiers traits grossiers en comparaison du résultat final.

Ce genre de dessin était plutôt différent de mon style habituel. Mais la plupart de mes œuvres n'étaient pas le genre d'image adaptée pour une enfant. Je n'avais pas envie que Annick me reproche de donner des cauchemars à sa fille.

Le hamster prit forme et Camille s'agita sur sa chaise, impatiente. Je repassai mes lignes au feutre noir et lui tendis la feuille. Elle m'attrapa par le cou et m'embrassa sur la joue en guise de remerciement.

– Tu pourras le colorier demain. Va choisir une histoire.

Elle partit en courant vers sa chambre et revint avec un livre orné d'un corbeau. C'était une histoire que je connaissais bien pour la lui avoir déjà lue. Un jeune garçon partait en quête de son totem et il y faisait la rencontre des animaux emblématiques. Je refermai le livre une fois la lecture terminée. Camille s'allongea dans son lit et attrapa son toutou préféré.

– Je voudrais que mon totem soit le renard. Comme ça, je pourrais utiliser sa capacité à être invisible et jouer des tours à tout le monde.

Je replaçai sa couverture et éteignis la lumière.

– Je préférerais l'ours. Si je suis plus imposante qu'eux, les Faoladh vont peut-être arrêter de me dire quoi faire. Qu'en penses-tu?

Elle gloussa et secoua la tête. Je lui souhaitai bonne nuit et m'installai dans le salon pour lire mon livre. Ma concentration se prenait pour la belette de l'histoire et ne cessait de se dérober. Je fermai ma liseuse et ouvris plutôt mon cahier à dessin. J'avais une esquisse en cours, mais quelque chose me poussa à en commencer un nouveau.

Le dessin avait toujours été une activité très intuitive pour moi. Le thérapeute avait suggéré à Bridget de l'utiliser pour me faire sortir de mon silence. Après plusieurs croquis troublants, elle avait arrêté d'insister, mais j'étais devenue accro. Je laissai le crayon courir sur la feuille, sans discrimination. La page blanche était un dévidoir pour toutes ces choses qui tournaient dans ma tête et sur lesquelles j'étais incapable de mettre des mots.

Lorsqu'un grondement de moteur signala l'arrivée d'Annick, j'avais presque noirci toute la feuille. Un profil de femme s'était révélé, avec une énorme corneille au-dessus d'elle. Sa robe se fracturait en mille morceaux, et la pauvre semblait tirailler dans toutes les directions. Ma gorge se serra devant cet aveu inconscient. J'avais souvent l'impression que la meute me demandait d'être autre chose que ce que j'aurais voulu devenir. La corneille, avec son air menaçant et ses serres pointues, me semblait plus comme une tragique messagère qu'un guide vers la paix intérieure.

La poignée de porte tourna et Annick passa le seuil. Je refermai mon cahier à dessin, trop à vif pour laisser quelqu'un d'autre le voir. Elle déposa sa bourse sur la console, dos à moi. Je la suivis du regard alors qu'elle se dirigeait vers la cuisine sans un mot. Son expression était fermée et elle semblait perdue dans ses réflexions. Elle sortit la bouilloire et la remplit.

Tandis que l'eau chauffait, elle fouilla dans le garde-manger et en sortit une longue boîte plate. Elle souleva le couvercle de bois et choisit un sachet qu'elle déposa sur le comptoir. Elle se frotta le visage à quelques reprises. J'allais la saluer lorsqu'elle se tourna et sursauta à ma vue.

— Désolé, je suis à cran.

Je la rassurai d'un sourire.

— C'est normal, j'imagine. La soirée ne s'est pas passée comme prévu?

Annick haussa les épaules puis agita les mains.

— Ils sont tous bornés. Personne ne pense à long terme.

La bouilloire bipa pour indiquer que l'eau était prête. Elle me fit signe de la rejoindre.

— Veux-tu une tisane?

J'acquiesçai et me levai pour choisir un arôme. Je pris un des sachets sous l'étiquette verte. Je ne me rappelais pas trop la saveur, mais j'étais presque sûre que c'était pour aider à la relaxation. Annick m'avait déjà expliqué sa sélection, que chaque sorte était faite à partir de plantes et d'herbes boréales aux différentes vocations. J'apportai ma tasse à la table et pris place, le nez chatouillé par l'odeur des fleurs et des plantes. Annick s'assit face à moi avec un soupir.

— Les animaux-esprits et les géants veulent être complètement indépendants de l'Europe et souverains en sol américain. Les élémentaux et les démons refusent d'être clairs sur ce qu'ils considéreraient comme une victoire à la fin de la table des discussions. Certains pensent que la seule façon de se débarrasser des Européens est de les exterminer tous. Tout le monde rame du même côté et on tourne en rond.

Je soufflai sur ma tisane et considérai ma réponse. J'étais une simple spectatrice à tout ce branle-bas de combat.

– Peut-être que la Faction est aussi divisée que les Clans et que vous pourrez tirer avantage de la situation.

Annick eut un rire sans joie.

– J'espère que nous allons trouver un terrain commun, sinon cette fin de semaine aura été une perte de temps monumentale pour tout un chacun.

– Dans tous les cas, il vaudrait mieux être prudent. Camille semble penser qu'une bête va pointer le bout de son nez.

Je racontai la vision de Camille un peu plus tôt dans la piscine. Annick resta silencieuse quelques minutes, perdue dans ses pensées.

– Le dragon n'est pas censé venir. C'est la seule créature que nous serions incapables de vaincre. Sinon, je ne vois pas.

L'idée de croiser un véritable dragon me fit frissonner. Elle termina sa tisane.

– J'en parlerai au conseil. Par précaution.

J'acquiesçai. Il ne me restait plus qu'à espérer que ladite bête ne se promènerait pas sur le campus. Annick regarda l'heure et se leva.

– Je ne veux pas te retenir trop longtemps. J'envoies un message texte à Christian pour lui dire que tu es en route. Et je te fais un virement électronique pour ce soir.

Je la remerciai et ramassai mon sac. Elle m'accompagna jusqu'à la porte et attendit que je sois assise dans la voiture avant de retourner à l'intérieur. La noirceur me rendait nerveuse, alors je pris le temps de mettre de la musique latine. Rien de tel pour chasser les pensées sombres. Je ne traînai pas en chemin pour m'épargner des remontrances.

Arrivée à la maison, je vis quelqu'un assis sur la galerie. Je pris un moment avant de sortir de mon auto. Même si nous étions au cœur du territoire de la meute, il restait une possibilité que ce soit une créature hostile. Ma vision s'ajusta à l'obscurité et je reconnus Gill, un des deux Faoladh qui s'étaient battus la veille.

Son regard était rivé au sol, ses coudes sur les genoux et les épaules arrondies. Considérant qu'il avait gagné le combat contre Keiran, il n'avait pas l'air très festif. J'épaulai mon sac à dos et me dirigeai vers lui.

– Hey, Gill. Ça va?

Il releva la tête au son de ma voix. Il se passa une main dans les cheveux et me retourna mon salut. Je m'arrêtai à sa hauteur et croisai les bras contre la fraîcheur de la nuit. Notre dernière conversation remontait à un bon moment. Plus jeunes, nous avions souvent traîné ensemble avec Bastien. Mes études et ses responsabilités envers la meute avaient rendu nos horaires incompatibles. Mais j'aimais penser que nous étions quand même des amis. Je pointai son visage du menton.

– J'imagine que Keiran est en plus piteux état.

Il haussa les épaules et agita le smartphone qu'il tenait d'une main. Sa mâchoire était tuméfiée et noircie. Considérant la rapidité à laquelle les Faoladh guérissaient, l'ecchymose avait dû être impressionnante.

– Et la fille? demandai-je.

Il grogna et se leva. Je haussai les sourcils devant son air abattu. Il fit quelques pas avant de revenir.

– Elle ne veut même pas répondre à mes textos.

Il serra les poings puis lança son smartphone de toutes ses forces vers le bois. Je reculai lentement d'un pas. Les probabilités qu'il me fasse mal sous le coup de la colère étaient faibles, mais la prudence était toujours de mise avec un loup sous l'emprise d'une émotion forte.

– Les normaux sont tous pareils, dit-il. On ne peut pas leur faire confiance. Et ils ne comprennent pas ce que nous sommes.

Il secoua la tête, les mains sur les hanches. J'acquiesçai silencieusement et me gardai bien de souligner que je faisais partie de cette catégorie. J'avais appris depuis longtemps qu'il valait mieux me fondre dans le décor plutôt que de souligner mes différences.

– J'aurais dû laisser Keiran l'avoir. Ça lui aurait servi de leçon.

Je lui offris un sourire compatissant avant de lui souhaiter bonne nuit. Rien de ce que je pourrais dire ne lui remonterait le moral. J'entrai pour voir Christian, Bridget et Bryan à la table de la salle à manger.

Comme ils semblaient en pleine discussion, je me contentai d'un salut discret à Bridget. Elle me fit un signe de la main en réponse et pointa le frigo. Je contournai l'îlot et ouvris la porte pour voir une assiette avec une pointe de gâteau au chocolat. Je me tournai vers Bridget et articulai un remerciement sans bruit. Elle me sourit et reporta son attention sur la discussion. Je m'installai sur le coin du comptoir et savourai le dessert.

– Le Chancelier a envoyé la demande de tribut, dit Bryan. Il en demande plus que la dernière fois.

Christian tendit la main et Bryan lui remit une lettre en papier épais. Je pouvais voir l'entête stylisé d'ici, la couronne rouge avec deux dragons face à face. Christian parcourut le document des yeux et fit une grimace.

– Il ne manque pas de culot. On ne peut pas leur répondre avant d'avoir terminé la table des discussions.

Bridget se passa une main sur le front.

– Qu'est-ce qu'on fait si les autres paient le tribut? Notre refus doit être unanime.

Je fronçai les sourcils et gardai mon regard rivé sur mon assiette. La dernière fois que le tribut avait été payé, j'avais cinq ans. Je n'en gardais aucun souvenir, mais les aînés en parlaient assez souvent. C'était la raison principale pour laquelle les créatures surnaturelles américaines voulaient se séparer de la dynastie des Rois-Mages.

Le tribut consistait à soit payer une somme d'argent ou envoyer des « volontaires » pour servir dans l'armée du Roi-Mage. En échange, la cour s'engageait à défendre les intérêts des surnaturels et de faire appliquer une forme de justice. On m'avait souvent dit qu'en réalité, c'était un système corrompu qui priorisait les membres de la Cour et non les individus qui auraient réellement eu besoin de justice ou d'aide. Du coin de l'œil, je vis Bridget croiser les bras et se caler dans sa chaise.

— Nikolaj dit qu'il a presque terminé la version préliminaire de la constitution. Nous aurons quelque chose de tangible à leur proposer.

Je rinçai ma vaisselle à l'évier. Le duc était le neveu du roi actuel. Je ne l'avais jamais rencontré, mais tout le monde s'entendait pour le trouver charmant. Comme il était plutôt loin dans la ligne de succession, il avait été envoyé au Québec quinze ans plus tôt comme émissaire de la couronne.

Christian avait passé des heures à discuter avec lui au fil des années. Nikolaj s'était révélé sympathique à la cause des Faoladh. La vie à la cour ne lui avait pas été favorable et il avait accepté de les aider à trouver une solution diplomatique à leur désir d'indépendance. Bryan répondit à Bridget.

— Peu importe ce qu'on offre, les vampires n'accepteront jamais.

Bridget écarta les mains.

— Demande à Sorcha de faire copain-copain avec eux demain soir. Il doit bien y avoir quelque chose qu'on peut leur offrir.

Bryan acquiesça, la mine sombre.

— Par moment, je souhaiterais presque que les négociations échouent pour pouvoir en étrangler quelques-uns sans risquer des représailles.

Christian grogna son approbation. Comme je n'avais plus de raison de traîner, je me dirigeai vers l'escalier et gravis les marches lentement. La réponse de Christian me parvint alors que j'arrivais sur le palier.

— Le précédent Roi-Mage a été assassiné. Ils sont puissants, mais pas immortels. Si on devait en arriver là...

Je refermai la porte de ma chambre sans bruit. La fatigue de la semaine me rattrapa et je déposai mon sac dans un coin sans le vider. J'enfilai mon pyjama en repensant aux paroles de Christian. Les Faoladh jouaient à un jeu dangereux qui risquait de se retourner contre eux. Rien ne prouvait que le duc était un allié fiable. Je pouvais seulement espérer que Christian ferait preuve de son habituelle prudence.

Une fois la lumière éteinte, mes pensées revinrent à la bête prophétisée par Camille. Si j'étais directement visée par cette vision, ce ne serait pas ma première confrontation avec un monstre.

Ma vie avait été bouleversée par des loups-garous bestiaux à l'âge de cinq ans. Tout comme Greg, c'était une bande de lycanthropes maudits. Par effet d'entraînement, tout le groupe avait perdu le contrôle de leur nature animale. Ils étaient partis en maraude dans le Nord du Québec pour finalement descendre vers la Côte-Nord. Leur errance les avait menés jusqu'à la communauté du lac Carheil, là où j'habitais avec mes parents.

Marc, le seul autre survivant du massacre, m'avait trouvé et gardé en vie le temps que des renforts arrivent. Et c'est ainsi que j'avais fait la connaissance des Faoladh.

Christian et Bridget avaient décidé qu'il serait plus sage de me garder avec eux que de me confier à une grandetante éloignée. La communauté surnaturelle ne vivait plus dans le secret depuis la fin des années 70 et plusieurs personnes haut placées dans l'administration étaient au courant de son existence. Heureusement, entre ceux qui savaient et les surnaturels éparpillés dans la fonction publique, ils étaient parvenus à garder un contrôle sur la diffusion de l'information.

Mais plus le temps passait, et plus les rumeurs circulaient. Aujourd'hui, ce n'était qu'une question de temps avant que le grand public finisse par prendre la chose au sérieux. Des événements comme le massacre du lac Carheil ne pourraient pas être passés sous silence.

Bon nombre de conflits découlaient des relations difficiles avec l'Europe. La résolution des tensions permettrait aux Faoladh d'accorder plus d'attention à leurs interactions avec les humains normaux.

Le monde surnaturel avait changé ma vie à tout jamais, mais je ne pouvais pas me plaindre. Christian et Bridget avaient pris soin de moi. Bastien m'avait accueillie sans réserve. Grandir au sein de la meute m'avait donné la chance de passer par-dessus cette expérience traumatisante.

Entourée de prédateurs, j'avais difficilement pu craindre les monstres de mon imagination. Les monstres étaient en chair et en os, dans la pièce d'à côté. C'était mes monstres et ils m'aimaient bien.

Ce soir-là, le sommeil fut long à venir.

Chapitre 5

Le lendemain après-midi, Geneviève et moi étions assises dans les estrades de bois du stade de football avec un groupe d'étudiantes. La discussion tournait autour du nouveau quart-arrière de l'équipe. Je m'étirai le cou pour avoir une meilleure vue sur les joueurs qui pratiquaient leurs esquives. Je ne voyais pas vraiment d'où venait tout cet engouement.

Les règles d'engagement m'échappaient complètement. Christian, fidèle à ses racines irlandaises, était un fan de soccer, le football européen. Nous avions écouté plusieurs parties ensemble et j'avais été voir Bastien jouer à quelques reprises à l'adolescence. Mais le football américain restait un mystère.

C'est Geneviève qui avait insisté pour venir. Nous avions survécu à notre cours du matin grâce à une bonne dose de café. Mon amie avait eu à peu près autant d'heures de sommeil que moi la nuit précédente. La soirée au pub universitaire avait été bien arrosée et elle était rentrée beaucoup plus tard que Cendrillon.

Heureusement pour nous, le professeur s'était contenté de lire le plan de cours, d'expliquer le matériel pédagogique et de nous donner une liste de lectures. À l'heure du dîner, nous nous étions dirigées vers l'aire de pique-nique à côté du pavillon. Alors que nous terminions notre repas, un groupe de filles était passé devant nous. L'une d'elles avait reconnu Geneviève et nous avait offert de se joindre à elles pour assister à la pratique de l'équipe de football.

En apprenant que le nouveau quart-arrière y serait, Geneviève m'avait attrapé par le coude et m'avait entraîné avec elle. Je n'avais pas résisté, mitigée entre l'amusement et l'exaspération. Elle avait passé des heures à me parler de cette nouvelle recrue en début de semaine après l'avoir croisé à la boutique scolaire. Elle s'était déclarée séduite.

— Il était le quart-arrière partant pour le Cégep[3] Garneau l'année où ils ont remporté le Bol d'or[4]. J'étais dans le même cours de français que lui. Non seulement il a le physique, mais il a l'intelligence pour compléter, m'expliqua ma voisine de siège.

J'acquiesçai par politesse. Geneviève renchérit.

— Il était réserviste pour le Rouge et Or l'an passé et il va jouer partant cette année.

La fille assise devant moi se tourna et secoua la tête.

— Calmez-vous, les filles. Il est à moi.

Plusieurs protestations fusèrent à ces mots. Celle qui était assise de l'autre côté de Geneviève se pencha. Elle lui tendit une tasse thermos.

— Tiens. Passe-la à ton amie économe de mots, si elle en veut.

Geneviève éclata de rire. Je lui envoyai un coup de coude dans les côtes.

— Quoi? dit-elle. C'est une bonne description.

J'agitai une main en direction du terrain.

— Que voulez-vous? Je suis sans mot devant cette démonstration de virilité.

Des rires accueillirent ma déclaration. J'étais loin d'être impressionnée. La plupart des Faoladh étaient des athlètes, d'une façon ou d'une autre. Leur nature de prédateur les poussait à être au sommet de leur forme pour défendre la meute. Malgré des ententes entre les différents

---

[3] Un cégep est un type d'établissement d'enseignement collégial public et unique au Québec.

[4] Le Bol d'or de football est un championnat provincial et interrégional de football canadien de niveau collégial.

groupes de créatures surnaturelles, les escarmouches étaient fréquentes. Leur quotidien n'était pas si paisible. J'étais généralement tenue à l'écart du feu de l'action, mais il m'était déjà arrivé d'être au mauvais endroit au mauvais moment. J'avais été témoin de plaqués bien plus impressionnants que ceux sur le terrain.

Geneviève me passa la tasse thermos. Je pris une gorgée de *rhum and coke*. Il y avait beaucoup plus du premier que du second. Je passai le contenant à ma voisine sans en boire plus. J'avais l'intention de prendre ma voiture bientôt et je n'avais pas envie d'attendre que les effets se dissipent. Après dix minutes à écouter leurs spéculations à propos des joueurs, je déclarai forfait. Je me tournai vers Geneviève et lui fis signe. Elle roula des yeux, devinant mes paroles avant même que je parle.

– Je me sauve, dis-je. On se voit demain pour la partie.

– On va arriver en matinée pour le *tailgate*. Il y a un groupe de musique et les gars vont faire du BBQ. Tu es la bienvenue.

– Je te texte, répondis-je.

Je me dirigeai jusqu'à ma voiture et soufflai un bon coup. Geneviève était une bonne amie, mais j'étais beaucoup moins sociable qu'elle. Ou c'était peut-être la mentalité élitiste des loups-garous qui avait déteint sur moi avec le temps. Je ne savais pas quoi dire à toutes ces personnes. Tout ce que j'aurais pu dire de moindrement intéressant me semblait trop révélateur de ma réalité.

Je tournai la clé, et plutôt que le doux ronronnement habituel, mon moteur se mit à vrombir comme s'il allait exploser. Mon cœur se mit à débattre et je coupai le contact. Je fermai les yeux le temps que mon rythme cardiaque reprenne sa cadence normale, puis je tournai la clé une deuxième fois. Même chose. J'éteignis ma pauvre Golf.

Autour de moi, le stationnement était presque vide. En temps normal, j'aurais pu compter sur Bastien pour venir me dépanner, mais il devait être à l'île d'Orléans à l'heure actuelle. Au pire, je pourrais toujours demander un coup de main à Geneviève. Je tirai sur la clenche du capot, bien décidée à épuiser toutes mes options avant d'appeler des renforts. C'était peut-être juste du vert-de-gris sur la borne et je serais repartie en un rien de temps. Je soulevai le capot et cherchai la baguette à tâtons.

– Besoin d'aide?

Je sursautai et laissai retomber le capot. Je jurai entre mes dents, à l'idée que mes doigts avaient failli payer le prix de ma nervosité. Je me retournai et mes pensées déraillèrent de façon spectaculaire. Karl Bragason se tenait à moins d'un mètre de moi. Ma frustration s'évapora et j'en oubliai même la raison. Il pointa ma voiture.

– Elle ne démarre pas?

Je suivis sa main du regard avant de secouer la tête, à court de mots. Il avança d'un pas. Je reculai. Il haussa un sourcil amusé et inclina la tête.

– Veux-tu que je regarde si c'est la batterie?

Il allait croire que j'étais une idiote. La première fois qu'il m'adressait la parole et je me comportais comme un animal sauvage. Je m'éclaircis la gorge et agitai les mains.

– Non, c'est bon. C'est probablement un faux contact.

Devant son air perplexe, je me rappelai mes bonnes manières.

– Merci quand même. Je vais prendre l'autobus pour rentrer et je demanderai à mon père d'y jeter un œil demain.

Il fronça les sourcils.

– Ce n'est peut-être rien. Tu ne lui feras pas faire tout ce chemin si ce n'est qu'un fil débranché.

Un point pour Bragason. Aucun membre de la meute n'aurait de temps à perdre avec ma voiture demain. Mais l'instinct me poussait à refuser. Ses paroles avaient éveillé ma méfiance.

– Comment sais-tu si j'habite loin ou non?

Il pointa le collant du garage de mécanique générale dans le coin supérieur du pare-brise.

– C'est à Sainte-Catherine-de-la-Jacques-Cartier, non?

Je clignai des yeux. Visiblement, ses facultés de raisonnement se portaient mieux que les miennes. Je lui offris un sourire contrit.

– Désolée, une fille seule dans un stationnement... Je suis un peu sur les nerfs.

Il écarta les mains et me sourit. L'expression illumina ses yeux, comme si le soleil était sorti des nuages. Wow. Je me secouai mentalement. J'avais d'autres choses à faire que de l'admirer. Et lui aussi selon toutes probabilités. Il n'était certainement pas ici pour mon seul bénéfice. Je reculai et fis le tour de ma portière restée ouverte. Son regard me suivit. J'attrapai mon sac à dos et verrouillai ma voiture.

– Je vais aller à l'arrêt d'autobus. Merci de vous être arrêté voir si j'avais besoin d'aide.

Il se frotta la nuque.

– C'est vendredi, tu ne vas quand même pas te taper deux heures d'autobus. Ça gâcherait ta soirée.

Je pinçai les lèvres, peu encline à confesser que j'avais prévu de la passer sagement à la maison.

– Je vais te déposer, dit-il. J'en profiterai pour aller me chercher une poutine[5] au casse-croûte Marcotte.

Il me servit un sourire gamin et mes chances de résister disparurent. De toute évidence, il connaissait bien Sainte-Catherine. Deux heures d'autobus, voire plus, ou vingt minutes en voiture avec l'objet de mes fantasmes?

---

[5] Plat de la cuisine québécoise composé de frites, de fromage en grains frais et de sauce brune.

– D'accord, répondit ma bouche avant que mon cerveau ait eu le temps d'analyser complètement la situation.

Nous étions sur l'autoroute 40 en direction ouest lorsqu'il me jeta un regard inquisiteur pour la troisième fois. Grandir avec une meute de loups-garous m'avait laissé avec de sérieuses lacunes côté interactions sociales. Je serrai mon sac à dos un peu plus fort contre moi. J'aurais bien voulu ressembler à Geneviève et être capable de faire la conversation à n'importe qui.

– Je m'appelle Karl…

– Bragason. Je sais. Tu fais partie de l'équipe de crosscountry du Rouge et Or.

Il m'envoya un regard surpris. Je sentis le rouge me monter aux joues. Il allait penser que j'étais une obsédée.

– Fan du Rouge et Or ou de sport en général? demanda-t-il.

– C'est de la curiosité. Et une bonne mémoire.

Son attention se reporta vers l'avant et je relâchai mon souffle silencieusement.

– Et est-ce que tu vas me donner ton nom ou je vais devoir te supplier?

Karl Bragason à genoux, l'idée avait un certain attrait. Je clignai des yeux et réalisai que je ne le lui avais effectivement pas donné. Il n'avait aucune raison de me connaître.

– Ellie.

– Ellie, pour Elizabeth?

Je secouai la tête. Comme il semblait attendre une réponse, je clarifiai.

– Juste Ellie. C'était le surnom de ma grand-mère. Elle s'appelait Hélène.

Le silence revint. Je cherchai en vain un sujet de conversation pour relancer la discussion, mais je n'avais rien, sauf des banalités plus horribles les unes que les autres. C'est Karl qui me sauva la mise une fois de plus.

– Dans quel programme étudies-tu?

– Anthropologie.

Je cherchai quelque chose d'intéressant à dire au sujet de ce parcours, mais comme il étudiait en économie, je ne savais pas trop si le sujet l'intéressait ou si j'allais l'ennuyer.

– En quelle année? reprit-il.

J'allais répondre, mais l'enchaînement de questions ressemblait terriblement à un interrogatoire. Ou peut-être que ma méfiance naturelle était simplement trop prononcée. Je décidai de le tester.

– Est-ce que je suis notée à la fin du questionnaire?

Il me lança un coup d'œil amusé. Mes lèvres s'étirèrent en un sourire malgré moi.

– Est-ce que tu es toujours aussi communicative?

Je fis semblant de réfléchir.

– Seulement quand c'est prévu au plan de cours.

Il éclata de rire. Une vague de chaleur se répandit dans ma poitrine. Son regard croisa le mien et je décidai de prendre l'offensive.

– Et toi, dans quel programme es-tu?

– Bac en économique. En dernière année, ajouta-t-il.

Son attention se reporta vers l'avant, mais il avait encore un sourire en coin. J'avais cette irrépressible envie de le faire rire à nouveau.

– Des plans d'avenir? Effectuer une refonte du ministère des Finances, gérer une multinationale, dominer le monde?

– Quelque chose comme ça.

Il me lança un regard sérieux, mais son amusement était encore visible. Il ralentit la voiture et tourna sur ma rue. Je lui pointai ma maison. Le premier étage était illuminé, signe que quelqu'un était présent. Je m'étirai le cou, curieuse de savoir qui n'était pas en ville avec les autres. Je sortis de l'auto en silence, incertaine de la façon la plus efficace pour le revoir sans avoir l'air désespérée. Je me tournai et me penchai vers lui.

— Merci. C'était bien plus agréable que de faire deux heures en autobus.

Il sourit et s'inclina au-dessus de la console centrale. Mon souffle resta pris dans ma gorge devant l'intensité de son regard.

— Je viens te chercher demain?

Je secouai la tête malgré la tentation. L'occasion était trop belle et j'aurais dû sauter dessus. Derrière moi, la porte de la maison s'ouvrit avec un couinement. Si je voulais éviter une inquisition, je devais couper court à cette discussion.

— Je vais à la partie de football. Je trouverai bien quelqu'un pour me déposer.

Je refermai la portière et le saluai de la main. Je pouvais sentir un regard peser sur ma nuque, mais la personne sur le perron n'avait pas encore pris la parole. Karl eut l'air de saisir le message et partit sans délai. Je me tournai et soupirai en reconnaissant Bastien. Il croisa les bras et me regarda approcher. Je le saluai et m'arrêtai à ses côtés.

— Je te croyais à l'île d'Orléans.

— Je pars demain matin. Qu'est-il arrivé à ta voiture?

Je soupirai.

— J'ai mis le feu dedans.

Son froncement de sourcils me fit sourire. Je passai à côté de lui et entrai dans la maison. Dans la cuisine, j'ouvris le frigo. Bingo. Je sortis un énorme plat de salade de pâtes. Bastien acquiesça devant mon air interrogateur. Vivre avec des loups-garous, c'était aussi synonyme de toujours avoir de la compagnie pour manger. Je nous fis deux bols et pris place sur un tabouret à l'îlot.

– Pourras-tu me déposer sur le campus en passant demain? Tu pourras jeter un coup d'œil et me dire si je dois appeler la dépanneuse.

– Si elle a passé au feu, pas besoin de diagnostic.

Je lui envoyai un coup de poing sur l'épaule et il me sourit.

Chapitre 6

Je donnai un coup de pied dans le pneu de ma voiture. Bastien m'avait sorti du lit avant le lever du soleil. Je n'avais bu qu'un seul café. Et juste pour me pourrir l'existence, ma voiture avait démarré du premier coup.

Assis derrière le volant, Bastien me jeta un regard amusé. J'entendis la clenche du capot se relâcher. Sourcils froncés, je l'ouvris et mis la baguette. Il me rejoignit et se pencha au-dessus du moteur. Dans la fraîcheur du matin, il dégageait autant de chaleur qu'une petite fournaise. Le soleil finirait par remonter la température, mais d'ici là, ma veste était trop légère. Je coinçai mes mains sous mes bras pour ne pas me blottir contre lui. Il vérifia quelques pièces avant de tâtonner la batterie, la seule partie que j'étais capable d'identifier. Puis il pointa une autre section d'où sortaient des tuyaux.

— As-tu touché à tes bougies d'allumage?

— Non, pourquoi j'aurais fait ça?

Il fronça les sourcils.

— Les tuyaux sont propres, comme si quelqu'un les avait manipulés.

Je frissonnai avec un mauvais pressentiment. L'arrivée de Karl m'avait empêchée de vérifier l'état de ma batterie la veille. Ce n'est peut-être qu'une coïncidence. Dans tous les cas, Bastien n'avait pas de temps à perdre avec mes théories de complot. Il fallait qu'il se concentre sur la protection de la jeune mage. Je retirai la baguette et lâchai le capot. Il recula juste à temps pour éviter d'être guillotiné.

— Je vais prendre un rendez-vous au garage pour faire vérifier tout ça, dis-je.

– Ellie, je n'aime pas ça. Tu es peut-être en danger. Avec tous les surnaturels en ville, ce n'est pas le moment de prendre ce genre d'incident à la légère.

Ses pensées avaient pris la même direction que les miennes. Je ne savais pas si je devais être soulagée ou inquiète. Je secouai la tête.

– Si c'est un coup monté, c'est probablement quelqu'un qui veut t'empêcher d'être en poste à ton affectation. Tu ferais mieux d'appeler le duc Nikolaj pour t'assurer que sa fille est en sécurité.

Bastien pinça les lèvres et croisa les bras.

– Je ne peux pas appeler directement. Je suis censé me faire passer pour le palefrenier qui travaille à l'écurie d'à côté.

Je souris à cette idée.

– C'est digne d'un film. C'est sûr qu'elle va avoir le béguin pour toi.

Il eut un soupir excédé.

– L'important, c'est qu'elle arrête de faire faux bond à son équipe de sécurité. Au rythme où vont les choses, elle va faire mourir son père avant qu'on n'arrive à signer le traité.

– Demande à Bryan d'appeler.

Il acquiesça et son regard survola le stationnement. L'endroit était vide à l'exception d'un agent de sécurité qui nous surveillait depuis sa voiture de service. La zone avait été fermée la veille en prévision de l'avant-match. Avec un regard sévère, l'agent nous avait avertis que nous devions libérer l'endroit rapidement. J'avais échappé de quelques minutes à un remorquage à mes frais.

– Je n'aime pas l'idée de te laisser seule.

Je retins un roulement d'yeux. Les Faoladh avaient la fâcheuse habitude de considérer mon humanité comme une faiblesse. Mais c'était à force de passer du temps avec eux que j'étais exposée au danger. Cette pensée me trottait dans la tête depuis plusieurs semaines, depuis le début des préparatifs pour la table des discussions. Je servis un sourire confiant à Bastien.

– Je te promets d'être prudente et de ne pas causer d'ennuis. J'appellerai Bridget en cas de doute.

Il acquiesça et me serra dans ses bras. Je le remerciai de m'avoir reconduit jusqu'à ma voiture et lui souhaitai bonne chance pour les jours à venir. Il me répondit d'une grimace amusée avant de sauter dans sa voiture et de quitter le stationnement. Je le suivis dans ma Golf sous le regard sévère de l'agent de sécurité et contournai l'équipe qui s'affairait à monter un énorme chapiteau pour me diriger au pavillon voisin.

– C'est là que tu te caches, s'exclama Geneviève quelques heures plus tard.

Je relevai la tête de mon cahier à dessin et clignai des yeux. Geneviève pencha la tête pour observer ma feuille. Elle inclina la tête et vint se placer derrière mon épaule pour avoir une meilleure vue.

Après avoir quitté le stationnement, je m'étais trouvé un fauteuil dans le hall du premier étage du pavillon Charles-De Koninck. La lumière y entrait à pleine fenêtre et la vue donnait sur le toit vert de l'atrium. Une cane et ses petits étaient visibles entre les longues tiges des graminées. Je déposai mon crayon et étirai mes mains devant moi.

– C'est... intéressant, dit Geneviève.

Je relevai le nez et arquai un sourcil moqueur. Elle haussa les épaules avec un sourire d'excuse. Ce n'était pas un secret qu'elle ne comprenait pas mes dessins. Son regard fit le tour du hall.

– C'est une trop belle journée pour dessiner des trucs menaçants.

Je me penchai sur mon cahier. La forêt s'étendait sur toute la page, les troncs des arbres décharnés s'alignaient tels des gardiens silencieux. Dans l'obscurité, on devinait une forme monstrueuse. Je n'avais pas pu me résoudre à lui donner une forme plus précise. L'inspiration viendrait peut-être plus tard. Je refermai le cahier avec douceur pour préserver les pages et le rangeai dans mon sac.

Geneviève me fit signe et je la suivis dehors. Une brise fraîche me souleva les cheveux. Je tournai mon visage vers le soleil et fermai les yeux pour en apprécier la chaleur. Geneviève cria mon nom et je pressai le pas pour la rejoindre.

Le campus s'était animé depuis mon arrivée. J'inspirai les odeurs de cuisson et de BBQ tandis que nous zigzaguions entre les groupes de partisans. Le cercueil rouge et or avec l'effigie des Carabins me fit sourire. La journée s'annonçait superbe et les partisans étaient d'humeur festive. Geneviève s'arrêta finalement devant un abri-soleil rouge. Il y trônait un énorme fumoir noir mât. Un groupe d'étudiants était regroupé autour de la tente, tous avec une bière à la main.

– C'est Fred qui cuisine. Il nous prépare du porc effiloché.

Sur la dizaine de personnes présentes, j'en connaissais quatre. Geneviève me présenta les autres, mais je ne parvins pas à retenir leurs noms. Je pris la bière qu'on m'offrait et écoutai la conversation d'une oreille.

J'agitai la main lorsque je vis les filles de la loterie moitié-moitié[6] passer avec leurs dossards rouges. Je m'avançai pour les payer plus facilement. Elles prirent mes coordonnées avec un sourire et me souhaitèrent bonne chance.

Alors que j'empochais mes billets, j'entendis quelqu'un crier mon nom. Je me tournai juste à temps pour recevoir un ballon de football dans le ventre. Je refermai les

---

[6] Loterie où le gagnant remporte la moitié de l'ensemble des mises.

bras par réflexe et reculai d'un pas pour amortir l'impact. Mon dos percuta une masse solide. Je me tournai, une excuse au bord des lèvres, et me retrouvai face à Karl.

Ses lunettes fumées miroir me renvoyèrent mon expression surprise. Le coin de sa bouche se releva en une ébauche de sourire. Mon cœur manqua un battement et mes pensées s'éparpillèrent au vent.

– Renvoie la balle, cria un des garçons derrière moi.

Devant mon manque de réaction, Karl me la prit des mains et la leur envoya d'un geste fluide. La balle effectua un arc gracieux avant d'atterrir exactement dans les mains de celui qui m'avait interpellé. Je reportai mon attention sur Karl. Son sourire était parfaitement désarmant. Il enleva ses lunettes et les accrocha dans son col. Il portait un t-shirt à manches courtes vert forêt qui faisait ressortir le bleu de ses yeux.

– Salut Ellie. As-tu réussi à trouver le problème de ta voiture?

Je m'éclaircis la gorge, bien décidée à avoir l'air d'une universitaire articulée plutôt que d'une adolescente avec un béguin.

– Non. Mais elle a démarré sans problème ce matin.

Je souris devant son air surpris.

– Ma réputation de fille débrouillarde vient d'en prendre un coup.

Il fronça les sourcils avec sérieux.

– Je suis prêt à témoigner en ta faveur, si ça peut t'aider.

Je secouai la tête en riant. Mon regard se porta derrière lui.

– Es-tu venu seul aujourd'hui? dis-je.

Je me donnai un coup de pied mental. La question manquait carrément de subtilité. Heureusement, son attention s'était portée sur la foule plus loin.

– Non, j'étais avec des amis. Ils sont à la scène Budweiser. Il y a un groupe de musique. Mais il y a trop de monde, alors j'ai décidé de faire le tour du stationnement.

Son regard revint sur moi et je frissonnai devant tant d'intensité.

– Veux-tu m'accompagner?

Geneviève arriva à mes côtés, juste comme j'ouvrais la bouche pour répondre.

– Il me semble qu'on se connaît, lui dit-elle.

Karl lui tendit une main et se présenta. Geneviève pinça les lèvres et fit semblant de réfléchir. Elle agita un doigt vers lui.

– Je suis presque sûr qu'on s'est déjà croisé dans les corridors.

Elle m'envoya un coup de coude.

– On a un cours dans un local juste à côté du sien.

Le regard de Karl alterna entre nous. Je haussai les épaules avec un air innocent.

– C'est possible, dis-je.

– Je ne savais pas que vous vous connaissiez, continua-t-elle.

J'inspirai pour garder mon calme. Elle allait me le payer. Karl vint à mon secours.

– On s'est croisé hier et on a discuté.

– Et vous êtes ici tous les deux aujourd'hui. Quelle coïncidence. Veux-tu rester prendre une bière?

Karl me sourit.

– Peut-être plus tard. J'ai proposé à Ellie de faire le tour des kiosques.

– Bonne idée. À tantôt!

Elle salua Karl avec sa bière d'une main et me fit signe d'y aller de l'autre. Tournant le dos à Karl, j'ouvris de grands yeux en guise de remontrance. Sa subtilité avait besoin de travail. Elle se contenta de me faire un sourire satisfait. C'était sans espoir. Je fis face à Karl et tendis une main vers l'allée.

– Allons-y.

Son sourire déclencha un envol de papillons dans mon ventre. Je le suivis entre les allées de kiosques. Son épaule frôla la mienne à quelques reprises alors que nous contournions d'autres marcheurs. Il dégageait autant de chaleur qu'un Faoladh.

Entre la brise fraîche et lui, la chair de poule recouvrait mes bras. Je m'efforçai de n'y voir rien de plus qu'un accident fortuit. Jusqu'à ce qu'il mette carrément ses mains sur ma taille pour contourner un groupe qui jouait à lancer la rondelle. Les joueurs s'exclamèrent lorsque l'un deux parvint à placer la rondelle dans le tuyau au centre de la boîte. Un frisson d'anticipation me remonta la colonne et je fis de mon mieux pour rester calme.

Mon smartphone vibra dans ma poche et me ramena au présent. Je le sortis et vis un message texte de Bryan.

« T'es où? »

Mes mâchoires se crispèrent et je retins un soupir d'exaspération. Karl haussa les sourcils, visiblement intrigué par mon changement d'attitude.

– Désolé, marmonnai-je.

Je me dépêchai de taper une réponse banale. Si je répondais d'une seule lettre, il enverrait quelqu'un. Pendant ma jeunesse, ces vérifications aléatoires m'avaient semblé normales. Jusqu'à ce que je réalise que les parents de mes amis ne le faisaient pas. Et que j'étais la seule personne dans la meute à devoir les subir. Christian avait instauré cette procédure pour ma sécurité, mais j'avais souvent l'impression que c'était une sorte de rappel. Au cas où j'aurais oublié que je n'étais pas libre de mes mouvements.

Je remis mon smartphone dans ma poche et offris un sourire forcé à Karl. Il me pointa un groupe qui avait poussé l'audace jusqu'à apporter un vieux sofa. Je laissai mes frustrations derrière moi et lui montrai un grill en forme de ballon de football. Au kiosque d'une chaîne de restauration, il nous prit deux smoothies.

– Alors, que fait une étudiante en anthropologie dans ses temps libres?

Je haussai les épaules.

– Rien de bien spécial. Geneviève m'oblige à faire des cours de kickboxing. Le reste du temps, c'est les études. Comme mes parents paient mes frais de scolarité, j'ai intérêt à réussir mes cours.

Il acquiesça.

– Tu pourrais travailler au centre de soutien aux étudiants.

Je secouai la tête.

– Je fais partie de la catégorie d'étudiants qui demandent de l'aide plutôt qu'à ceux qui l'offrent. Et toi, que fais-tu dans tes temps libres?

– Je donne un coup de main pour les cours d'escalade pour les jeunes au PEPS. Ça occupe la plupart de mes samedis.

Je haussai un sourcil.

– Karl, athlète et philanthrope.

Il m'offrit un sourire dérisoire.

– Si quelqu'un te pose la question, dis-lui que je le fais seulement pour avoir un rabais sur mon abonnement à la salle de sport.

J'éclatai de rire. Comme membre du Rouge et Or, il n'avait pas d'abonnement à payer. Il haussa les épaules et mit les mains dans ses poches.

– Je trouve que c'est important pour les jeunes. À leur âge, le sport m'a évité de m'attirer bien des problèmes.

J'acquiesçai au souvenir de Bridget qui m'annonçait qu'elle m'avait inscrite à toutes les activités parascolaires inimaginables. C'était à la suite d'une série d'excursions non approuvées dans la forêt. Mes tuteurs avaient parlé de fugue, alors que je trouvais le mot randonnée plus approprié.

Avec du recul, le comportement avait été autodestructeur. J'essayais inconsciemment de me mettre en danger en partant seule et loin. Les activités m'avaient permis de me changer les idées, puis de prendre goût au sport d'équipe et à la discipline requise par l'entraînement.

Notre circuit nous ramena finalement à la tente de notre groupe. À notre arrivée, le cercle s'agrandit pour nous inclure. Karl se présenta à ses plus proches voisins avec une poignée de main. Je l'observai, silencieuse. Sa façon de prendre en charge ses interactions avec les autres me rappelait Christian. Il n'y avait aucun doute dans mon esprit à savoir que Karl était du genre à savoir ce qu'il voulait et être prêt à tout faire pour l'obtenir.

Fred lui tendit une bière et s'ensuivit une discussion sur le football et la partie à venir. Les garçons débattaient au sujet d'une stratégie et je peinais à suivre, mes connaissances du football beaucoup trop génériques pour ce degré de détails. Thomas secouait la tête d'un air buté et Fred agita une main, exaspéré.

— Je vais te faire un dessin. Est-ce que quelqu'un a un bout de papier?

Geneviève me pointa du menton.

— Ellie en a sûrement.

Karl tendit la main et je lui donnai ma bière. J'ouvris mon sac tandis que Thomas continuait d'argumenter. Je tirai sur mon cartable et mon cahier à dessin suivi. Je le mis de côté, préférant leur donner une feuille lignée, plutôt qu'une des pages du cahier. Fred attrapa le crayon que je lui tendais avec un remerciement distrait.

Geneviève et les autres se penchèrent au-dessus de la table pour regarder le tracé de Fred. Karl pointa mon cahier à dessin.

– Est-ce que je peux?

J'eus une seconde d'hésitation, avant de le lui tendre. Ce n'était pas une question de fausse modestie ou parce que je voulais garder mes dessins secrets. Mais j'avais souvent eu des réactions négatives. Je savais pertinemment que mes dessins ne plaisaient pas à tous.

Karl tourna la première page et haussa les sourcils de surprise. Je repris ma bière qu'il avait déposée sur la table à ses côtés. Je bus une gorgée pour éviter de lui arracher mon carnet des mains. Il s'attarda sur chaque dessin avant de passer au suivant.

Il hocha la tête d'un air appréciateur devant un de ceux que j'avais faits la semaine passée. Une femme était agenouillée nue, les mains sur la poitrine parcheminée comme de la glaise au soleil. Son dos était pulvérisé depuis l'intérieur et les fragments se transformaient en oiseaux dont l'envol s'étendait jusqu'au coin supérieur de la page. Karl cligna des yeux à plusieurs reprises.

– C'est...

– Étrange? Perturbant?

Il secoua la tête, les yeux toujours rivés sur mon dessin.

– Intense. C'est tellement vrai, je peux sentir la douleur.

Je haussai les sourcils. C'était bien la première fois que quelqu'un mettait le doigt précisément sur l'émotion que j'avais essayé de communiquer. Il tourna la page et s'arrêta sur le dessin de la veille. Il hocha la tête silencieusement.

J'aurais voulu savoir ce qu'il en pensait, mais j'avais la gorge si serrée, j'étais incapable de parler. Il arriva finalement sur le dessin de ce matin et inspira profondément, comme pris au dépourvu. Son regard trouva le mien. J'étais incapable d'y déchiffrer ce qu'il ressentait, mais il avait l'air troublé. Je tendis la main vers mon cahier. Il le referma avec attention et me le remit sans rien dire.

Geneviève s'approcha, brisant la tension. Elle me remit mon billet, puis en tendit un à Karl.

– On a eu une annulation. C'est celui à côté d'Ellie. Ça serait dommage de le gaspiller.

Karl haussa un sourcil et prit le billet.

– C'est une offre difficile à refuser.

J'ouvris la glacière et me pris une autre bière. J'allais en avoir besoin.

Chapitre 7

Nous étions assis dans les estrades de bois du côté est. Assis était un bien grand mot. Nous étions debout à chaque interception, à chaque botté, à chaque premier essai. Je sentais déjà le mal de gorge s'installer à force d'encourager notre équipe.

Les partisans des deux côtés étaient survoltés et le stade était plein à craquer. Le panneau lumineux avait annoncé une foule d'environ seize mille personnes. Le bruit était simplement assourdissant. Il était impossible de discuter autrement qu'en hurlant. Karl avait quand même été en mesure de m'expliquer certaines punitions qui ne faisaient ni queue ni tête pour les profanes, dont j'étais du nombre.

À la mi-temps, je me penchai vers lui.

– Je vais aller me chercher autre chose à boire. Tu viens?

Il acquiesça. Alors que j'allais me faufiler dans la foule, il attrapa ma main. Un picotement me remonta le bras. Je pris une inspiration pour dissiper la chaleur qui me montait aux joues. Il voulait simplement éviter de me perdre dans la foule. Je fis mon chemin jusqu'au kiosque de nourriture, Karl dans mon sillage. Je m'arrêtai au bout de la file.

– Tu as un accent parfois, remarqua Karl. De quel coin viennent tes parents?

Je me balançai d'un pied à l'autre et retirai ma main de la sienne.

– La Côte-Nord. J'ai déménagé à Québec après leurs décès pour vivre avec mes tuteurs.

– Désolé pour tes parents. J'ai aussi été élevé par un tuteur, un ami de la famille. Il est originaire de la Côte-Nord, lui aussi. On est resté quelques années à Fermont quand j'étais plus jeune.

Je considérai Karl un instant. Il avait un ou deux ans de plus que moi. Il devait être âgé de six ans au moment du massacre du lac Carheil. Il avait sûrement entendu les adultes en parler. Quelles étaient les chances que nous soyons deux orphelins, du même âge, originaires de la même région? Je déglutis, la bouche sèche.

— Ne me dis pas qu'on est cousins, dis-je à la blague. Comment s'appelle ton tuteur?

— C'est un des nombreux Gagnon. Il était pilote d'avion pour une compagnie minière. On a emménagé à Québec quand il est devenu instructeur de vol. Mais je doute qu'on ait des liens de parenté. Mes parents n'étaient pas originaires de ce coin-là.

J'acquiesçai avec un sourire figé. Tous mes muscles se crispèrent. Je me concentrai sur ma respiration pour rester calme. Christian avait insisté plusieurs années auparavant pour que j'apprenne le nom de tous les surnaturels importants de la région. Comme simple humaine, j'étais vulnérable. En ajoutant mes liens avec la meute à l'équation, j'étais une personne d'intérêt et une cible facile.

Gagnon était un nom de famille assez banal pour la Côte-Nord. Mais jumelé au métier de pilote d'avion, c'était fort probablement un puissant démon qui résidait sur la rive sud. Et son pupille était venu faire copain-copain avec moi le jour de la table des discussions des surnaturels. C'était peut-être de la paranoïa. Mais si c'était une mauvaise blague aux dépends des loups-garous, ou pire une attaque, il fallait que je me sorte de l'eau bouillante et que je les avise.

— Est-ce que ça va? demanda Karl.

J'agitai une main et lui offris un sourire contrit.

— Est-ce que ça t'embêterait de faire la file seul? Je dois aller aux toilettes. Je te rejoins à l'estrade.

Karl acquiesça, sourcils froncés. Je me détournai et marchai d'un pas régulier vers les toilettes chimiques à l'extrémité du stade. Je louvoyai entre les attroupements de spectateurs et sortis mon smartphone. Je composai le numéro de Marc de mémoire et écoutai la sonnerie en tapant du pied. L'appel tomba sur la boîte vocale alors je composai de nouveau.

La panique me comprima la poitrine. Marc répondait toujours à mes appels. J'ouvris l'application pour les messages et lui envoyai un texto. Il avait une de ces montres interactives qui affichaient les messages. Il ne manquerait pas de le voir.

Les gens autour de moi commençaient à reprendre la direction du stade. Le panneau d'affichage indiquait qu'il ne restait que quelques minutes à la mi-temps. J'appelai de nouveau, sans plus de succès. Mon mauvais pressentiment refusait de se dissiper et mon imagination me faisait craindre le pire.

Incapable de rester une minute de plus, je me dirigeai vers l'avenue des Sciences-humaines jusqu'au stationnement face au terminus d'autobus. Arrivée devant ma voiture, j'eus une hésitation. Combien de consommations avais-je bues depuis le début de l'après-midi? Trop pour prendre le risque de conduire.

Un Métrobus 800, facile à reconnaître par sa couleur vert lime, s'apprêtait à quitter le terminus. Je partis à courir en louvoyant entre les rares personnes qui circulaient sur le trottoir. À quelques mètres de l'intersection, je fis signe au chauffeur. Il me servit un regard excédé, mais m'attendit tout de même. Je sautai sur la marche et le remerciai, entre deux souffles.

Les portes se refermèrent derrière moi avec un chuintement. Le chauffeur manœuvra pour quitter le terminus et tourna au feu de circulation et je payai avec l'appli sur mon smartphone. Une fois assise, je textai Geneviève.

« Urgence familiale. Pourrais-tu ramasser mon sac et me l'apporter lundi? Et présenter mes plus plates excuses à Karl? »

Elle répondit immédiatement.

Gen « Rien de grave? »

« Je ne sais pas. Je te tiens au courant. »

Je soupirai et me frottai les tempes. Si je m'étais trompée, Bastien allait rire de moi et me traiter de biche effarouchée. Si j'avais raison, la table des discussions pourrait bien se transformer en bain de sang sans préavis. Les démons étaient de redoutables adversaires.

Mieux valait éviter de crier au loup (ah!) pour rien, mais je devais quand même en avoir le cœur net rapidement. Marc, le seul autre survivant du massacre du lac Carheil, serait en mesure de me répondre. Il en savait assez sur les créatures surnaturelles pour me dire si Alain Gagnon était un allié ou un ennemi. Ou alors il pourrait me dire qui le savait.

Je considérai un instant la possibilité d'appeler Christian. Sauf qu'il était occupé par la table des discussions et qu'il ne verrait pas mon interruption d'un bon œil. Si jamais Marc était réellement en difficulté, il serait toujours temps d'appeler des renforts. Je composai le numéro de Marc et la boîte vocale me répondit à nouveau.

Les rues défilèrent et l'autobus suivit son tracé jusqu'à la pointe de Sainte-Foy. Je débarquai à l'arrêt au coin de la rue des Compagnons. Le quartier du Campanile était tranquille et principalement habité par des gens du troisième âge. Je marchai d'un pas détendu pour ne pas attirer l'attention.

Malgré sa petite cinquantaine, Marc habitait dans un immeuble pour retraités actifs. Il n'avait jamais réussi à reprendre le travail. Il m'avait expliqué une fois qu'il avait tellement dépensé de magie pour nous protéger qu'il avait carrément taxé les ressources physiques de son corps. Ses os, ses ligaments, ses organes. Il avait vieilli prématurément.

Et il avait perdu une bonne partie de sa magie innée. Il ne maîtrisait plus que quelques sorts superficiels. J'avais longtemps ressenti de la culpabilité pour sa situation. Jusqu'à ce que j'en discute avec Bridget, ma mère adoptive.

– À tout moment, il aurait pu t'utiliser comme distraction, te laisser aux bêtes et se sauver. Il ne l'a pas fait. Honore son sacrifice au même titre qu'on honore celui d'un policier, d'un pompier ou d'un soldat qui risque sa vie pour les autres.

Elle savait de quoi elle parlait. Nombre de Faoladh travaillaient dans ces corps de métier. Leur nature les poussait à protéger et secourir. Et même si les loups-garous étaient difficiles à tuer, ils n'étaient pas immortels.

L'immeuble de Marc se trouvait en retrait de la rue avec tous les commerces. J'utilisai le pavé numérique pour déverrouiller la porte principale. Il m'avait donné le code pour faciliter mes visites. Je relâchai mon souffle lorsque la porte se ferma derrière moi.

La plupart des surnaturels pouvaient défoncer une porte vitrée. Mais je me sentais quand même plus en sécurité avec une barrière physique. La réceptionniste à l'entrée me sourit. Je traversai le hall d'entrée et passai devant la salle à manger, encore vide à cette heure. Je pris l'ascenseur jusqu'au deuxième étage.

Une dame embarqua en même temps que moi et fit quelques commentaires sur la température. Je lui souris et acquiesçai machinalement. J'enfonçai mes mains dans mes poches pour éviter de trahir mon agitation.

Finalement arrivée devant la porte de Marc, je sonnai. Après un instant, je frappai. Mon regard se porta d'un côté et de l'autre du corridor. Le son d'une télévision était audible au travers de la porte du voisin. Le carillon de Marc était peut-être défectueux. Je m'obligeai à respirer normalement et essuyai mes mains sur mon pantalon. J'essayai la poignée. Elle tourna et la porte s'ouvrit sans bruit.

Chapitre 8

Je passai l'embrasure et dus m'éclaircir la gorge pour parler.

– Marc?

Je refermai la porte derrière moi, les mains tremblantes. L'appartement commençait par un court corridor que Marc avait agrémenté de crochets et d'une console. J'allais enlever mes souliers, lorsque je vis une chaise renversée au sol dans la pièce du fond.

Mon pouls s'accéléra alors qu'il battait déjà assez vite. Je sortis mon smartphone et composai le numéro de Marc. La sonnerie se fit entendre dans la pièce d'à côté. Je raccrochai. Après un coup d'œil autour de moi, j'attrapai un parapluie et l'agrippai telle une batte de baseball. J'avançai jusqu'à l'aire ouverte.

La cuisine était à ma droite avec la salle à manger. Le salon et la chambre à coucher étaient de l'autre côté. Mis à part la chaise, il y avait quelques objets déplacés dans le salon. Un livre ouvert face contre terre et une tasse à café renversée. Rien d'autre. Le soulagement me traversa comme une bouffée d'air chaud. Une partie de moi s'était attendue à trouver son corps inanimé.

Mon regard se posa sur son fauteuil préféré et mon souffle se coinça dans ma gorge. Un morceau de papier était cloué dans le dossier à l'aide d'un coupe-papier. C'est moi qui le lui avais offert. Il était à l'effigie de la baguette magique d'Harry Potter. Marc avait bien rigolé en le voyant. Je déposai le parapluie et m'approchai pour lire la note.

« Très chère Ellie,

C'est maintenant le temps de prouver ton utilité à quelqu'un d'autre qu'aux animaux. Nous souhaitons négocier avec le

Windigo. Organise-nous une rencontre et Marc sera rendu avec tous ses morceaux.

Félicitée »

La panique m'enserra la poitrine. La maîtresse du nid de vampires de Montréal m'avait laissé une note manuscrite. Non seulement j'avais attiré son attention, mais en plus elle me demandait quelque chose d'impossible en échange de la vie d'un ami. Si tant est que « avec tous ses morceaux » sous-entendait vivant. Avec les vampires, rien n'était moins sûr.

À ma connaissance, le Windigo était une créature mythique parmi les surnaturels. Il s'agissait d'une malédiction qui permettait à un homme de se transformer en monstre sanguinaire animé par l'instinct de la chasse et le goût de la chair humaine. Selon les légendes autochtones, ce type de créature avait la réputation de préférer les zones plus froides et de semer la pestilence sur son passage.

Il était censé en rester deux ou trois dans toute l'Amérique du Nord. Pour je ne sais quelles raisons, on supposait qu'il y en avait un sur le territoire québécois. J'avais déjà entendu les Sentinelles en discuter. Celui qui pourrait s'assurer de son allégeance aurait toutes les chances de gagner le conflit entre les séparatistes et les pro-européens. La raison pour laquelle Félicitée pensait que j'étais en contact avec une créature mythique m'échappait complètement.

La porte d'entrée craqua et se fracassa contre le mur. Je plaquai les mains contre ma bouche pour étouffer mon cri de surprise. Il était trop tôt pour que ce soient les vampires. Mais ça pouvait bien être un de leurs laquais. Je me tournai vers le corridor à temps pour voir un Fae passer le seuil.

Il était facile à reconnaître avec sa silhouette élancée, ses cheveux blonds et des traits trop parfaits. Une odeur de terre et de pin envahit mes sens. C'était un Gwyllion, une créature sauvage de la montagne. Cette catégorie de Fae était peu reconnue pour son honnêteté ou son respect des règles.

La meute avait des relations cordiales avec la Cour des Faes, mais les sauvageons reconnaissaient rarement son autorité.

Vu son entrée, il n'était pas ici pour une visite de courtoisie. Il me fallait quelque chose pour me défendre. Je reculai vers la cuisine et attrapai la salière sur le comptoir. Le Gwyllion avança jusqu'à l'aire ouverte. Je me crispai pour contenir mes tremblements. Il pencha la tête sur le côté, le regard sur le fauteuil et la note.

— Les vampires ont eu des meilleures infos que nous, sur ce coup.

Il fit un pas dans la pièce et regarda tout autour sans me porter attention. S'il attaquait, je n'aurais aucune chance. Je devais le prendre par surprise. Je dévissai le couvercle de la salière derrière mon dos et parlai pour couvrir le bruit.

— Est-ce que quelqu'un a lancé une partie de tag sans m'en avertir?

À mes paroles, il se tourna et me sourit. Sa dentition était celle d'un prédateur, avec de longues canines. J'étais incapable de voir à travers son glamour, cette illusion qui rend les Faes si fascinants. Mais je savais que les Gwyllions étaient plus près des monstres que des sylphes. Son regard avait quelque chose d'un peu trop lumineux, ses dents étaient trop blanches. La sueur se mit à perler sur mon front. Il me tendit la main.

— Ellie. La reine Mab veut te parler. Viens avec moi.

La Cour résidait à New York. Hors de question de partir en voyage improvisé avec un sauvageon. Je serais probablement morte avant d'arriver à destination. Je secouai la tête.

— Viens avec moi, et je te garantis un passage sûr jusqu'à la reine Mab.

Je reculai d'un pas. L'issue la plus près se trouvait dans le salon et donnait sur le balcon. Je n'étais pas certaine de pouvoir courir assez vite. Il me considéra avec les lèvres retroussées.

— Viens avec moi, sans difficulté, et j'assurerai ta sécurité pour arriver jusqu'à Mab. Je te ramènerai ensuite chez toi.

À la troisième répétition, le poil de mes bras se dressa. Je savais qu'il y avait de la magie liée à ce genre de choses, mais j'ignorais si le sel suffirait à la contrer. Je tentai de le distraire.

— Et entre l'aller et le retour, qu'est-ce qu'il y a au menu? Interrogatoire, torture, mutilation?

Il perdit son sourire et haussa les épaules. L'odeur de pin s'intensifia.

— C'était amusant, c'est bruyant et ce sera bientôt larmoyant.

Je lançai le sel au sol entre nous. Le Fae feula et recula d'un pas. Mes oreilles se débouchèrent, comme si j'avais changé d'altitude. Le sel avait réussi à briser son enchantement.

C'était malheureusement temporaire comme solution, et je n'en avais plus sous la main. Je regardai autour de moi pour trouver quelque chose avec du fer ou de l'argent. Comme Marc était une personne ordonnée, la seule chose qui traînait était un plat de punaises pour le tableau au mur. Je ne voyais pas comment j'allais tenir un sauvageon à distance avec ça.

J'allais m'y résoudre lorsqu'un hurlement nous parvint de la rue. Mon cœur tenta de sortir de ma poitrine, alors qu'une décharge d'adrénaline me traversait de la tête aux pieds. J'étais pourtant incapable de bouger, aucun muscle ne voulait répondre. Je n'avais jamais entendu un tel son, même après toutes ces années à côtoyer les Faoladh sous leur forme lupine.

Le métal de la rambarde du balcon résonna, comme si quelque chose l'avait percuté. Le bruit me libéra de ma paralysie et je fis un pas de côté. La porte-patio glissa sur son rail et Bryan, une des Sentinelles de la meute, entra avec un pistolet pointé sur le Fae. Sa présence ici n'avait aucun sens. Il aurait dû être à la table des discussions. J'avais le sentiment que les choses ne se passaient pas comme prévu.

— Arvel, ne m'oblige pas à tirer. Éloigne-toi doucement de la fille.

Le Gwyllion, Arvel, montra les dents. Bryan me fit signe de la tête pour que je me mette en sécurité. Je relâchai mon souffle silencieusement, soulagée que les renforts soient arrivés à temps. Je me déplaçai lentement vers lui sans lâcher le sauvageon du regard.

— Elle est sous la protection des Faoladh et des Shamans, poursuivit-il. Je doute que Mab souhaite déclencher un conflit pour une banale humaine.

— Oh non, pas banale. Elle fera un excellent divertissement à la Cour.

Arvel se lécha les lèvres. J'avalai difficilement ma salive, un goût acide dans la gorge. J'avais bien fait de ne pas accepter sa proposition. J'étais presque derrière Bryan lorsque le Gwyllion porta la main à sa ceinture. Il y décrocha une sorte de petit pipeau de bois. Il le leva devant lui pour nous le montrer.

— Wotan nous doit une petite faveur. Et si on appelait la Chasse sauvage? Un cabot et une humaine contre une horde. J'ai bien envie d'assister au spectacle.

Mes yeux s'arrondirent d'effroi. Toute la meute des Faoladh ne suffirait probablement pas face à la Chasse sauvage. Une des histoires préférées de Jannon racontait la fois où il avait été témoin du passage de ces guerriers enchantés sur leurs chevaux cauchemardesques. Leur apparition était généralement accompagnée d'une tempête qui laissait beaucoup trop de cadavres dans son sillage. Une voix sur le balcon me fit sursauter.

– Quel imbécile tu fais, Arvel. Retourne dans les vieux pays, tu n'es pas de taille.

Je me tournai pour voir une femme un peu plus grande que moi, en pantalons propres et chemisier blanc. Elle avait de longs cheveux noirs relevés en chignon, des yeux bruns en amande et une bouche charnue. Son visage ovale était d'une douceur trompeuse. La Corriveau dans toute sa splendeur.

Christian et Bridget l'avaient reçue à souper à plusieurs reprises depuis mon enfance et je n'avais jamais réussi à développer de crainte à son égard. Je savais toutefois que sa capacité à manger des âmes était redoutable. Son pouvoir n'était pas comme une lampe de poche qu'on dirige sur une cible, mais plutôt une lanterne qui projette tout autour. Si elle en venait à utiliser son pouvoir dans un endroit aussi restreint, nous y passerions tous.

Arvel porta le sifflet à sa bouche. Le coup de feu partit. Bryan s'avança, prêt à tirer de nouveau. La Corriveau attira mon attention, mais le bourdonnement dans mes oreilles m'empêchait de comprendre ses paroles. Elle m'attrapa par le bras et me tira vers le balcon. Au même moment, la baie vitrée de la salle à manger se fracassa. L'instinct de survie me fit lever les bras devant mon visage, même si j'étais suffisamment loin pour être à l'abri des éclats.

De l'autre côté de la pièce, le Gwyllion s'était accroupi et grondait tel un fauve. Son côté gauche était rouge et une flaque de sang se formait déjà à ses pieds. Bryan avait arrêté sa progression, son attention divisée entre le Fae et le nouvel arrivant. Je suivis la direction de son regard vers la fenêtre.

Un vent anormalement glacial s'engouffrait dans la pièce par l'ouverture. Une silhouette massive s'y dessina. D'énormes bois de cervidé passèrent en premier. Une tête plus semblable à celle du taureau qu'à celle d'un cerf suivit, avec un cou épais et des épaules compactes. Le torse, les bras et les jambes étaient ceux d'un hominidé. Ses mains et ses pieds se terminaient par de longues serres. Tout l'arrière de son corps était recouvert d'une crête de pelage dru. La créature était si grande qu'il devait rester courbé pour éviter que la pointe de ses bois ne frotte au plafond.

La tête du monstre pivota et son regard se posa sur chacun de nous. Ses yeux rougeoyaient tels deux tisons ardents. Il ouvrit la gueule et rugit. Un vent froid me fouetta le visage et m'obligea à fermer les yeux. C'était le même hurlement qui m'avait glacé le sang un peu plus tôt. Je n'avais jamais rien entendu d'aussi horrible. La main de la Corriveau se crispa sur mon bras. Je lui jetai un coup d'œil. Sa bouche était pincée et son teint était livide. Je n'étais pas la seule à être affectée.

Avant même que la Corriveau ou Bryan ait le temps de réagir, le monstre bondit sur Arvel. D'un coup de griffes, il lui arracha la tête. De l'autre main, il attrapa le corps et en déchira une partie avec ses dents. Je clignai des yeux, incapable de concevoir une telle violence. Il nous faudrait une petite armée pour venir à bout de ce monstre.

La Corriveau se secoua et me poussa vers la porte-fenêtre. Mon instinct de survie reprit le dessus. J'allais enjamber le seuil, mais mon bras fut tiré d'un coup sec vers l'arrière. Dans mon dos, la Corriveau venait d'esquiver le monstre. Elle me lâcha et pivota pour lui faire face.

— Ce n'est pas aujourd'hui que je vais servir de repas au Windigo. Goûte plutôt à ça.

Elle leva la main droite et prononça une série de mots mélodieux. Une hachette apparue dans sa main. J'avais déjà eu la chance d'observer ses armes lors d'une de ses visites. La Corriveau pouvait invoquer des haches à lancer. À l'époque, c'était la version de fer et de bois. Ces jours-ci, elles étaient en acier inoxydable. Le réel danger résidait dans le poison dont les lames étaient enduites.

La Corriveau attrapa la hache à deux mains et la leva au-dessus de sa tête d'un mouvement fluide. La lame partit si vite que je ne parvins pas à suivre sa trajectoire. Déjà une deuxième hache apparaissait dans ses mains. La première hache atteint sa cible avec un bruit sourd. Le Windigo grogna et la retira de son thorax. Il jeta l'arme au sol puis chargea, visiblement immunisé au poison. La surprise empêcha la Corriveau de lancer sa deuxième hache. Elle feinta de côté et tenta de lui planter sa hache dans le dos.

Bryan me cacha le reste de la scène en se plaçant entre la bête et moi, fusil pointé. La danse entre le Windigo et la Corriveau était fascinante, mais si elle n'en sortait pas vainqueur, j'allais finir en dommage collatéral. Je sortis sur le balcon et passai ma jambe par-dessus la balustrade. Je m'apprêtais à sauter au niveau inférieur, lorsque Bryan me percuta de plein fouet. La rampe m'écorcha l'intérieur de la cuisse tandis que mes mains cherchaient désespérément une prise. Le poids de Bryan m'emporta et je tombai sur un petit conifère, les mains devant moi.

Une onde de choc se réverbéra dans mon bras gauche. J'y perdis momentanément toute sensation. Ce n'était pas le moment de traîner. Je tentai de prendre appui pour me relever et un éclair de douleur me fit retomber à plat ventre. Des branches me fouettèrent le visage et l'odeur de cèdre envahit mes narines. Je roulai pour me dégager de l'arbuste. Le pauvre était complètement affaissé, mais il m'avait évité le pire.

Bryan était étendu au sol à mes côtés. Je m'approchai à genoux et mis la joue contre son nez. Son souffle chaud me chatouilla le visage. Le soulagement manqua me faire tomber. Il était seulement inconscient.

Le ciel s'obscurcit soudainement. Je relevai les yeux à temps pour voir l'énorme tête du Windigo passer la porte-fenêtre. Sa présence donnait l'impression d'aspirer la lumière du soleil et d'absorber toute la chaleur ambiante. J'étais comme un cerf, trop ébloui par les phares de la voiture pour me sauver. Il sauta les deux étages sans effort. D'un seul mouvement, il m'attrapa par la taille et me jeta sur son épaule.

Je fus ballottée dans tous les sens pendant un moment, à la limite entre la frayeur et l'indignation. Mes pensées refusaient de s'aligner de façon cohérente. Tête en bas, je reconnus le Boisé des Compagnes-de-Cartier. Le parc n'était pas énorme, mais le feuillage était assez dense pour nous soustraire à la vue des automobilistes.

Vu l'absence de sirènes de police et de cris des passants, je soupçonnais le Windigo d'avoir cette faculté qu'ont certains surnaturels, d'effrayer au-delà de tout raisonnement. L'humain moyen est en déni total de ce qu'il vient de voir et continue comme si de rien n'était, ou alors il devient catatonique. Ça expliquait sûrement la facilité avec laquelle il m'avait emportée.

Le Windigo me déposa au sol sans ménagement. Assise au milieu des aiguilles de pin, je pris quelques respirations avant que la panique ne me rattrape. Je me poussai à l'aide de mes talons et de mon bras droit pour mettre un peu d'espace entre nous. Mon autre bras était inutilisable. La douleur battait au même rythme que mon cœur.

La bête grogna et son corps se mit à craquer. Son torse et ses membres se reformèrent pour prendre une apparence humaine. J'avais vu les Faoladh se transformer à plusieurs reprises. Aussi, cette métamorphose ne m'était pas totalement étrangère. C'était plutôt l'identité humaine du Windigo qui me laissait sans mots. Il était dos à moi, flambant nu. Il prononça quelques mots d'une voix gutturale et des vêtements se formèrent sur son corps. Karl Bragason me fit face.

Chapitre 9

Karl se passa une main dans les cheveux à quelques reprises, comme s'il essayait d'enlever de l'électricité statique. Il s'éloigna d'une dizaine de pas avant de revenir. Je reconnaissais cette agitation pour l'avoir vu à l'occasion chez les loups qui revenaient d'une chasse infructueuse. La frustration les mettait à cran et il valait mieux se fondre dans le décor, le temps que ça passe.

Je me relevai lentement, les yeux au sol, mais déterminée à ne pas rester dans une position vulnérable. Je gardai mon bras gauche replié contre ma poitrine. J'avais plus de quinze ans d'expérience à interagir avec des métamorphes et des prédateurs. Si Karl ne m'avait pas déjà tuée, il ne le ferait probablement pas. À moins que je le provoque. Sa voix rauque me prit par surprise.

— Pourquoi t'es-tu sauvée?

Je relevai les yeux, incrédule. L'absurdité de sa question me fit momentanément oublier ma peur. J'étais une simple humaine devant le prédateur ultime.

— Peut-être parce c'est une réaction normale devant un monstre cornu de deux mètres de haut?

Il secoua la tête et fit un geste de la main dans la direction générale du campus.

— Je parle de plus tôt, au stade.

Je clignai des yeux à quelques reprises, incertaine de la réponse qu'il voulait entendre. Son regard avait perdu sa teinte rougeoyante, mais quelque chose de féroce y rôdait encore.

— Tu es le Windigo.

Il arrêta de marcher de long en large. Après une bonne inspiration, il acquiesça. Ses facultés de raisonnement semblaient lui être revenues. J'ouvris de grands yeux et citai l'évidence.

– Et je suis la pupille des Faoladh.

Il passa ses mains sur son visage. Peut-être qu'il ne comprenait pas les implications. Ça me semblait impossible qu'il ne soit pas au courant des tensions entre les différents groupes de surnaturels. Mais j'étais certaine qu'aucun Windigo n'avait pris part aux discussions. Christian avait souvent souligné le fait qu'un tel allié changerait le déroulement des négociations. Comme il ne disait rien, je poursuivis.

– Ils sont tous réunis en table de discussions au centre des congrès. Je suis censée me tenir loin de tout ça et laisser les grands régler leurs problèmes. Mais voilà que la recrue numéro un, convoitée par toutes les équipes, me poursuit assidûment.

Je levai un doigt dans les airs.

– Scénario numéro un, c'est pour me prendre en otage et faire pencher la balance de ton côté.

Je levai un deuxième doigt et agitai la main.

– Scénario numéro deux, le Windigo est un mangeur de chair humaine et je vais finir en tartare.

Karl croisa les bras et me considéra un moment. Je résistai à la tentation de reculer, peu rassurée. Il prit la parole.

– Scénario trois. C'est toi que je cherchais, car tu es la personne qui peut m'aider. Ça n'a rien à voir avec ta famille ni la table de discussions.

Je jetai un coup d'œil à la forêt environnante pour me donner le temps de réfléchir. J'avais toujours été un témoin silencieux. Je n'avais absolument aucun intérêt pour une créature surnaturelle comme lui. Sauf que Félicitée avait su avant moi que je serais en mesure de les mettre en contact. La douleur dans mon bras m'empêchait de réfléchir correctement.

Je mis la main sous mon coude pour essayer de diminuer la pression. Une partie de moi était déçue que Karl et moi n'ayons pas d'avenir ensemble. J'avais passé tellement de temps à le regarder aller et venir sur le campus. Une autre partie était plutôt soulagée. Je refusais d'être en couple avec un surnaturel. J'étais une simple humaine et ma réalité n'était tout simplement pas compatible avec la sienne. Il tendit une main vers moi.

– Qu'est-ce que tu t'es fait au bras?

Je grimaçai.

– Je crois qu'il est cassé.

Karl jura tout bas et s'approcha de moi. J'inspirai profondément pour ne pas reculer. J'avais le sentiment que l'instinct le pousserait simplement à me rattraper. Il prit mon poignet délicatement et releva ma manche.

– Je suis désolé, dit-il.

J'allais hausser les épaules, mais je me repris lorsque la douleur se fit plus aiguë. Je secouai la tête à la place.

– Ce n'est pas de ta faute.

– Oui, ça l'est. Tu es... sous ma protection.

Comme il tenait toujours mon bras, son visage était près du mien. Je scrutai ses yeux et vis qu'il le pensait vraiment. Après les Faoladh, voilà que le Windigo me prenait sous son aile. Je mis une muselière à mon exaspération et me concentrai sur le problème le plus urgent.

– Il va falloir que j'aille à la clinique.

Il acquiesça et me relâcha. Je frissonnai, comme si toute ma chaleur corporelle m'avait quittée avec lui. La fatigue me fit cligner des yeux. Il retira sa veste. Je fronçai les sourcils, certaine qu'il n'en avait pas, plus tôt au stade. Il l'avait probablement matérialisé en même temps que ses vêtements après sa métamorphose.

– Enfile ça par-dessus ton bras. Ça évitera que tu attires les regards. J'ai laissé ma voiture devant l'immeuble plus tôt. On ira la récupérer quand on sera sûr qu'ils sont tous partis.

Ses sourcils étaient froncés et quelque chose dans son regard me faisait penser à de la culpabilité. Je lui tournai le dos pour qu'il dépose la veste sur mes épaules. Je cherchai quelque chose à dire pour atténuer la tension.

– Tu n'aurais pas pu en faire apparaître une autre?

Karl posa les mains sur mes hanches et me retourna vers lui. Il avait toujours l'air aussi sérieux. Il secoua la tête.

– Ce n'est pas ce genre de magie.

– Bien sûr que non.

Il me jeta un regard de réprimande.

– Je ne les fais pas apparaître de nulle part. C'est plus comme si je les avais temporairement déplacés.

– Ça sonne comme de la magie démoniaque.

Il acquiesça, le visage neutre.

– C'est aussi ce que je me suis fait dire.

J'aurais bien voulu lui demander comment le Windigo pouvait faire de la magie démoniaque, mais la douleur me remontait jusque dans l'épaule et me rendait moins patiente. Je pointai la sortie du parc avec mon menton.

– On pourrait aller à la station-service. Je prendrais bien une bouteille d'eau et quelques antidouleurs.

Il prit la direction du sentier et je le suivis. De façon plutôt surprenante, le parc était complètement vide. Habituellement, il y avait toujours quelques marcheurs qui l'utilisaient comme raccourci. Je m'étirai le cou d'un côté et de l'autre pour voir si la Corriveau ou Bryan étaient quelque part dans les parages. Lorsque je trébuchai, Karl mit une main sur ma taille.

Je pouvais sentir la chaleur de sa paume qui irradiait à travers le tissu. Mon cœur manqua un battement. Je serrai les dents contre ma propre stupidité. Ce n'était que son instinct protecteur à l'œuvre, rien de plus.

À l'intersection devant nous, quelques personnes attendaient l'autobus. Un vieil homme était assis sur le banc de l'abribus. Je m'arrêtai, incertaine de la meilleure chose à faire. Karl ralentit et pivota vers moi. Il m'inspecta de la tête aux pieds, puis voyant que je n'allais pas défaillir, il suivit la direction de mon regard. Sa main se crispa sur mon bras en signe de reconnaissance. Tant pis.

J'avançai vers l'abribus. Le vieil homme releva la tête vers moi et me sourit. Il avait le visage parcheminé par de longues heures passées au soleil. L'âge lui avait enlevé bien des choses, mais il avait le physique d'un agriculteur qui a travaillé la terre toute sa vie, sans machinerie lourde. Je savais qu'il s'appelait Rodrigue, mais je ne me rappelais plus si c'était son prénom ou son nom de famille. Dans le doute.

– Bonjour, monsieur Rodrigue.

Il me sourit.

– Bonjour Ellie. Appelle-moi Baptiste. Nous sommes des connaissances de longue date, après tout.

J'avais rencontré le Bonhomme Sept Heures dans Charlevoix l'été de mes quinze ans. Je m'étais cassé une clavicule à cheval et il m'avait ramanché[7].

– Je savais bien que tu amènerais le Windigo à ma porte.

Ses paroles me rappelèrent d'autres choses qu'il avait dites, lors de cette première rencontre. À l'époque, je n'avais pas su comment les interpréter. Je me tournai vers Karl, incertaine d'aimer la tournure des événements. Il s'avança d'un pas pour se placer entre le Bonhomme Sept Heures et moi.

– Vous êtes plutôt loin de chez vous, dit-il.

---

[7] Au Québec, un ramancheur, ou rebouteur, replace les os cassés ou les articulations disloquées grâce à des connaissances ancestrales passées par le biais de lignées familiales.

Le vieil homme croisa les mains devant lui, peu concerné par son ton agressif.

– On dirait que tu as besoin de mes services, Ellie. Malheureusement, le temps n'a pas atténué le prix à payer pour mon aide.

Je déglutis. Je savais pertinemment ce que le Bonhomme Sept Heures réclamait en échange de ses pouvoirs de guérison. Karl me jeta un coup d'œil par-dessus son épaule, les sourcils froncés.

– J'imagine que vous êtes en ville pour la table des discussions, dis-je pour détourner l'attention.

Baptiste acquiesça et se leva.

– Je commençais à croire que ça ne mènerait à rien.

Il étudia Karl, la tête inclinée. Ses lèvres s'étirèrent en un sourire satisfait.

– Finalement, je crois que nous allons réussir à arriver à un consensus.

Il nous fit signe de le suivre. Ma décision ne fut pas bien longue à prendre. S'il était d'accord pour me guérir, ce serait beaucoup plus simple que d'aller à la clinique et expliquer tout ce bazar au personnel médical. Je contournai Karl, toujours immobile. Baptise activa le voyant pour la lumière piétonne à l'intersection avant de se tourner vers moi.

– Ils sont partis en coup de vent un peu plus tôt. Ils ont reçu un appel, quelqu'un qui a vu quelque chose de suspect. Ils n'ont pas voulu que je les accompagne. Ils pensent que mon âge définit ma nature.

Je jetai un coup d'œil à Karl qui m'avait rejoint. Je ne savais pas trop qu'elle était l'état de ses relations avec la communauté surnaturelle en général. Comme la présence du Windigo au Québec n'était qu'une rumeur, c'était probablement parce qu'il vivait incognito. Alain Gagnon était peut-être son seul contact avec le monde surnaturel. À ma connaissance, les démons étaient plutôt solitaires. Quelles étaient les chances que Karl ne sache pas à qui nous faisions face?

Le Bonhomme Sept Heures, parfois appelé *Bone Setter*, avait été l'inspiration de plus d'une histoire d'horreur. S'il n'était plus tout jeune, il était quand même très puissant. C'était aussi un allié de la meute. Dans l'intérêt de tous, Karl et lui devaient s'entendre. J'ignorais lequel des deux gagneraient s'ils devaient s'affronter. Baptiste haussa un sourcil devant mon silence.

— Je ne resterai pas sagement assis sur les lignes de côté pendant que les jeunots préparent l'avenir.

Le feu piéton changea en notre faveur et je traversai la route, encadrés par Karl et Baptiste.

— La Corriveau devrait le savoir, reprit-il. Ce n'est pas la première fois que je vais lui damer le pion.

Je montai sur le trottoir et le suivis en direction de la station-service. Je fouillai ma mémoire à la recherche d'une histoire mettant en scène le Bonhomme Sept Heures et la Corriveau. Je secouai la tête, perplexe. Il m'offrit un sourire amusé.

— Elle n'aura qu'à prendre sa revanche à notre prochaine partie de bridge.

Alors que nous arrivions à la hauteur du stationnement du terminus d'autobus, Baptiste déverrouilla un véhicule utilitaire sport avec sa télécommande. Il ouvrit la porte arrière et me fit signe de prendre place. Son regard se posa sur Karl et il secoua la tête.

— Il vaudrait mieux que tu restes dehors.

Karl me retint par le bras alors que j'allais mettre un pied dans le véhicule. Je lui fis face pour l'obliger à me lâcher.

— Je ne te laisserai pas seule avec lui, dit-il.

Je plissai les yeux à ses mots. Ce n'était pas sa décision. Aussi bien remettre les pendules à l'heure tout de suite.

— À choisir entre passer un mauvais quart d'heure ou endurer un plâtre pendant quatre semaines, je sais ce que je préfère. Et je serai plus à même de t'aider rapidement si on ne passe pas la journée à attendre aux urgences.

Je n'avais pas oublié son commentaire à propos de la raison qui l'avait poussé à me courir après. Et tant pis s'il pouvait entendre l'amertume dans ma voix. Il m'observa en silence avant de soupirer et reculer finalement.

La victoire avait un goût amer. Je tentai de me hisser tant bien que mal dans le véhicule. Il m'attrapa par la taille et me déposa sur la banquette. Je murmurai un remerciement. Baptiste prit place de l'autre côté tandis que Karl allait s'appuyer sur la calandre avant.

Le vieil homme me considéra un moment. Je cherchai une position plus confortable. La douleur et la gêne ne faisaient pas un bon mélange. J'avais une seule envie, et c'était de fermer les yeux pour me reposer un instant. Il pointa Karl, qui nous tournait le dos.

— Le Windigo dévore généralement sa partenaire, une fois que cette dernière lui a donné un fils. Je te déconseille fortement d'entretenir une relation avec ce jeune homme. Ça ne peut que mal finir pour toi.

Sous mes yeux, les épaules de Karl se crispèrent. Il croisa les bras, mais resta en place. Le Windigo avait l'ouïe fine. J'inspirai pour essayer d'éclaircir mes pensées. Je ne voyais pas quelle réponse je pouvais donner pour apaiser les deux hommes. La frustration remplaça la gêne. Je n'avais aucune envie de jouer au médiateur entre deux surnaturels hostiles.

Après une vie passée auprès des loups, j'en avais assez de passer pour une proie. Toujours à marcher sur des œufs pour ne pas déclencher leur instinct de prédation. J'allais servir de déjeuner au Bonhomme Sept Heures, hors de question que Karl se serve aussi.

J'allais nier toute relation entre Karl et moi, en partie pour voir sa réaction, puis je me ravisai. Je n'avais aucune envie de les contrarier vu mon état actuel. Je frottai ma main valide sur mon pantalon pour retrouver un semblant de diplomatie.

– Je prends note de l'avertissement.

Baptiste me sourit. Il avança une main avec un regard interrogateur. J'acquiesçai avant de perdre courage. Il posa sa paume contre mon bras blessé. Je fis de mon mieux pour rester silencieuse. Ma vision s'obscurcit et la douleur se répandit comme un torrent glacé dans mes veines.

Petit à petit, je repris le contrôle sur ma respiration. La gorge me brûlait, probablement parce que j'avais crié. Au moins, je n'avais pas vomi cette fois-ci. Lorsque les points noirs quittèrent mon champ de vision, je vis que Karl avait ouvert ma porte et parlait au Bonhomme Sept Heures par-dessus ma tête.

– Et qu'attendez-vous en retour? demanda-t-il.

– As-tu décidé si tu allais t'impliquer dans le conflit entre les Clans et la Faction?

Karl resta silencieux. Baptiste haussa les épaules.

– Peu importe quel côté tu choisis. Ils ont encore besoin d'un peu de temps pour discuter. Mieux vaudrait que tu n'entres pas en scène tout de suite.

Baptiste lui tendit les clés du véhicule.

– J'ai cru comprendre que tu étais en croisade pour venger ton père. Vas-y. Pose tes questions et avec un peu de chance, Ellie sera en mesure de t'aider. Par contre, les Faoladh te poursuivront sans répit si tu ne la ramènes pas saine et sauve dans un délai raisonnable.

Karl attrapa les clés. Je levai une main pour protester, mais ma bouche se remplit du goût de la bile. J'avalai difficilement.

– Nous ne pouvons pas prendre votre voiture.

Deux regards sévères convergèrent sur moi. Un étourdissement m'empêcha de poursuivre.

– Les Faoladh régleront cette dette, répondit Baptiste.

Je secouai la tête. Si j'avais appris une chose, c'était de ne pas passer un marché avec un surnaturel. Le faire au nom des Faoladh me semblait le summum de la bêtise. Je pouvais déjà imaginer la tête de Bridget lorsque Baptiste lui réclamerait son dû.

– La dette est mienne, dit Karl. Prenez ma voiture en échange.

Je relevai les yeux vers lui alors qu'il tendait ses clés à Baptiste. Si Karl voulait prendre la dette, je pouvais difficilement l'en empêcher. Il avait l'air plutôt sombre, comparativement à Baptiste qui avait le teint frais et lumineux. Je jetai un coup d'œil dans le rétroviseur. J'étais blême et échevelée. Je ravalai mon orgueil et passai ma manche sur mon front pour essuyer la sueur qui finissait de sécher. Au moins mon bras ne me faisait plus mal. Baptiste posa une main sur mon épaule avec un sourire.

– On se reverra sûrement d'ici la fin des discussions.

J'acquiesçai, incertaine de savoir si c'était une bonne chose ou non. Baptiste sortit de la voiture et se dirigea vers le boulevard. Karl le suivit du regard un moment. Je profitai de sa distraction pour refaire ma queue de cheval.

Lorsqu'il reporta son attention sur moi, je me glissai sur la banquette et sortis de l'autre côté. Karl referma sa porte. Il fit le tour pour me rejoindre. J'allais devoir lui expliquer la notion d'espace personnel. Je croisai les bras et lui fis face, déterminée à arrêter de tourner autour du pot.

– Il a parlé de ton père. C'est pour ça que tu veux mon aide?

Karl acquiesça après une hésitation. Il ouvrit la portière avant du côté passager.

– Assieds-toi. Je vais aller te chercher une bouteille d'eau.

J'allais refuser, mais je n'étais pas encore complètement remise et le simple fait de rester debout était pénible. Je m'assis dans le véhicule en silence et Karl referma la porte avant de s'éloigner. J'appuyai ma tête contre le siège et fermai les yeux. Le claquement de la porte opposée me fit sursauter. Karl me tendit une bouteille, sourcils froncés. Je tentai de le rassurer.

– Ça va passer. C'est déjà mieux.

Il démarra le moteur et joua avec les boutons pendant que je prenais quelques gorgées. Je décidai de partir à l'offensive.

– Veux-tu m'expliquer pourquoi tu m'as pourchassée à travers la moitié de la ville pour ensuite te battre contre deux membres influents de la communauté surnaturelle locale?

Déclencher des hostilités avec la meute n'était pas vraiment la bonne façon de demander mon aide. Il devait le savoir, car il se frotta la nuque, embarrassé.

– En ce qui concerne la confrontation, c'était plus une réaction impulsive.

– Quand je suis impulsive, je m'achète une barre de chocolat et je la mange au complet.

Il pinça les lèvres, les mains crispées sur le volant.

– Je suis le descendant d'une lignée d'hommes maudits. Nous sommes condamnés à répondre à notre instinct de chasseur et à consommer de la chair humaine. Je me considère comme plutôt bien adapté, considérant que je n'ai jamais tué quelqu'un sans l'avoir planifié au préalable.

C'était d'une logique douteuse. Mais si ça l'aidait à dormir la nuit, je n'allais pas briser ses illusions. J'ouvris de grands yeux et hochai de la tête. Il croisa les bras devant ma réaction. Je n'avais probablement pas réussi à masquer mon scepticisme. J'écartai les mains.

— Je suis absolument en faveur du meurtre prémédité. Tu m'avertiras lorsque ce sera mon tour.

Il détourna la tête et je regrettai mes paroles immédiatement.

— J'ai entendu ce que le Bonhomme Sept Heures t'a dit, dit-il. Les Windigos ne tuent pas systématiquement leurs compagnes.

Ma gorge se serra. Ça n'avait aucune importance, considérant que son intérêt pour moi était limité à l'aide que je serais en mesure de lui apporter. Une fois qu'il aurait les réponses à ses questions, nous n'aurions plus aucune raison de passer du temps ensemble.

Une vie passée avec des prédateurs me fit garder le silence. Mes paroles ne feraient que mettre de l'huile sur le feu. J'allais étouffer mon attirance pour lui et l'aider à la mesure de mes moyens.

Sa confession me revint à l'esprit, au fait qu'il était un tueur et un cannibale. J'aurais dû être scandalisée ou horrifiée. Mais le temps passé avec les loups-garous m'avait désensibilisée à ce genre de chose. À la limite, j'étais soucieuse pour ma sécurité, mais sans plus.

Les Faoladh étaient des prédateurs, et même s'ils chassaient généralement du gibier ordinaire, ils leur arrivaient de tuer d'autres créatures surnaturelles ou des humains. En règle générale, ces derniers avaient menacé la meute et ils avaient donc mérité leur sort. Mais une vie était une vie. Je ne pouvais pas cracher sur Karl sans faire de même sur ma famille adoptive. La voix de Karl me ramena au présent.

— Mon père n'a pas tué ma mère. Elle a disparu peu après le meurtre de mon père.

Son expression était plus proche de la frustration que de la tristesse. Si son père était injustement accusé du meurtre de sa mère, je pouvais compatir. Ce n'est pas le genre de chose qu'un enfant aime se faire dire. Mon cœur se serra à l'idée de Karl enfant, sans ses parents. Comme je l'avais été. Avec un peu de chance, Alain avait été un bon tuteur, comme Christian et Bridget l'avaient été pour moi.

L'atmosphère dans la voiture était lourde de souvenirs douloureux. Je pris un air désinvolte et agitai une main entre nous.

— Mes parents ont été massacrés par des loups-garous bestiaux. Je dirais que mon histoire est plus sensationnelle. 1-0 pour moi.

Karl me fixa un moment puis il éclata de rire.

— Je te laisse volontiers cette victoire.

Il reprit une expression sérieuse, son regard fixé sur le mien. J'étais captive de l'intensité de son attention. Il l'ignorait assurément, mais il aurait pu demander presque n'importe quoi et j'aurais accédé à sa demande. J'avalai péniblement. Je devais tout faire pour éviter qu'il s'en rende compte.

— Mon père a été tué à peu près en même temps que tes parents. Et dans la même région. Certaines personnes m'ont laissé croire que les deux événements étaient liés. Ça fait des années que j'essaie de retrouver des survivants du massacre du lac Carheil.

Je fronçai les sourcils. Je voyais mal quelle information je pourrais lui fournir. J'avais à peine cinq ans à l'époque du massacre. Je gardais un souvenir plutôt flou de ces longues heures passées à attendre. La faim et la soif restaient les impressions les plus vives de cette expérience. La lumière se fit.

— Tu veux parler à Marc.

Il acquiesça lentement de la tête.

— J'ai essayé de lui parler. Mais il refuse.

Un goût amer envahit ma bouche. Je le fixai et croisai les bras.

— Et me voilà, à servir d'appât.

Il eut l'air contrarié. Je ne lui laissai pas le temps de répondre.

— Mais voilà le problème. Les vampires ont mis la main sur Marc. Félicitée a laissé une note pour demander que j'organise une rencontre. Comment savait-elle que tu me courrais après?

Karl s'éclaircit la gorge. Je haussai les sourcils, dans l'attente d'une réponse. Il embraya la voiture en marche arrière et sortit du stationnement. Je plissai les yeux, bien consciente qu'il cherchait à gagner du temps. Il prit le boulevard en direction de la rampe d'accès de l'autoroute.

Vu son malaise, j'étais impatiente d'obtenir une réponse à ma question. Je pris le temps de mettre ma ceinture avant de croiser les bras et de me tourner vers lui. Ses doigts pianotèrent sur le volant.

— Que sais-tu du Windigo?

Je soupirai et décroisai les bras. Ça allait être ce genre d'explications. Je secouai la tête lorsqu'il me jeta un bref regard. Nous étions maintenant sur l'autoroute 40 en direction ouest. Les dernières entreprises laissèrent place aux champs et aux lisières de forêt de la banlieue. Je résistai à l'envie de lui demander où nous allions. Il me le dirait bien assez tôt et j'étais curieuse d'entendre ses explications. Comme il avait besoin de mon aide, je n'étais pas trop inquiète pour ma sécurité. Il prit la parole, le regard fixé sur la route.

— Nous marquons nos proies, avant de les tuer. Un peu comme dans les légendes. Il arrive qu'un Windigo marque tout un village. C'était le cas de ta famille et de tes voisins. Mon père vous avait tous marqués.

Je grimaçai à l'idée que nous ayons été destinés à servir de garde-manger. Karl m'offrit un sourire contrit.

– C'était une manie en quelque sorte. Au fil du temps, mon père a marqué énormément de gens qu'il n'a pas tués. Cette marque peut être perçue par n'importe quel autre Windigo. C'est de cette façon que j'ai réussi à retrouver Marc. Dans ton cas, la marque a réagi d'une étrange façon et je ne l'ai détectée que récemment.

Je portai mon regard vers le paysage pour faire taire les souvenirs des événements qui avaient mené à la mort de mes parents. Les champs de Neuville défilaient de chaque côté de l'autoroute. Le maïs était à pleine maturité. Les épis commençaient à jaunir par endroit. Karl prit la sortie vers Pont-Rouge.

Une horrible pensée m'assaillit. Toutes ces années passées avec les Faoladh. Je les avais souvent entendus parler du Windigo. Que c'était le surnaturel le plus puissant de la région. Qu'ils avaient tout avantage à s'en faire un allié. Tout ce temps, ils avaient dû espérer que je serve d'appât grâce à la marque. Ils m'avaient gardé sous surveillance des années durant dans ce seul but.

Je comprenais mieux les réticences de Christian lorsque j'avais parlé de me trouver un appartement en ville. J'avais cru à un élan paternel. Au final, c'était encore et toujours aux intérêts de la meute qu'il songeait. Selon lui, le Windigo serait en mesure de faire pencher la balance d'un côté ou de l'autre selon la position qu'il choisirait.

Je baissai les yeux vers mes mains. Mes doigts étaient glacés et engourdis. Christian et Bridget n'auraient jamais poussé l'odieux jusqu'à m'utiliser comme monnaie d'échange. Au fil des années, j'étais convaincue qu'ils avaient pris soin de moi par affection et en raison de leur nature de gardiens.

Mais je pouvais assez facilement m'imaginer qu'à la base, leur choix avait été motivé par ma valeur comme proie du Windigo. J'aurais aimé qu'ils m'en parlent à un moment ou à un autre. J'étais surprise que Bastien n'ait jamais rien divulgué à ce sujet. Ça aurait été son genre de vouloir jouer cartes sur table.

Sur les talons de cette pensée, je réalisai autre chose. Félicitée était au courant, raison pour laquelle elle avait enlevé Marc et laissé une note à mon intention. Si les vampires le savaient, toute la communauté surnaturelle devait être au courant. Je déglutis péniblement.

Non seulement ils ne m'en avaient pas parlé, mais j'étais la seule à ne pas être au courant. De taire une vérité douloureuse était une chose, mais d'être la seule dans l'ignorance me mettait le cœur en morceaux. Je ne pourrais pas continuer d'habiter sous son toit. Je serais incapable de faire face aux Sentinelles, encore moins Bastien. Geneviève accepterait peut-être de me laisser dormir sur son sofa le temps que je trouve autre chose.

Je frottai ma poitrine pour dissiper la douleur qui y pulsait. Karl me jeta un coup d'œil inquiet. J'étais restée silencieuse trop longtemps.

— Alors Félicitée savait que tu me courrais après à cause de la marque.

Il acquiesça avec lenteur. Je clignai des yeux pour en chasser le picotement suspect.

— Et tu n'as pas besoin de moi pour retrouver Marc, juste pour le faire parler.

Il fronça les sourcils et me jeta un regard perplexe.

— À moins que tu sois en mesure de me donner des détails sur la présence de mon père dans la région au moment du massacre, je dois effectivement parler à Marc.

Un trou se creusa dans ma poitrine et toutes mes émotions y tombèrent. J'étais complètement déconnectée, anesthésiée. C'était probablement mieux ainsi pour le moment. Je serais en mesure de l'aider. Mais la situation serait sûrement catastrophique dès que j'aurais deux minutes pour faire le point. Je repensai à la tragédie de mon enfance, incapable de ressentir l'angoisse qui accompagnait habituellement ces souvenirs.

— J'ai fait quelques heures de thérapie, plus jeune. Bridget s'inquiétait. Au final, le thérapeute a dit que j'avais peu de souvenirs des événements. Ce sont les émotions qui m'ont le plus marquée. J'étais à la maison avec ma mère, alors je doute que ton père soit passé nous rendre visite.

À ce moment, ma famille vivait non loin de Fermont, au bord du lac Carheil. Mon père était ingénieur minier et ma mère s'occupait de moi et attendait l'arrivée de Bébé numéro deux, qui aurait dû naître quelques mois plus tard. Nous avions quelques voisins, mais somme toute, nous étions plutôt isolés.

En raison de ses quarts de travail, mon père était absent durant de longues périodes, pour ensuite être à la maison plusieurs jours d'affilés. Il venait juste de revenir d'un de ces quarts lorsque les loups-garous bestiaux avaient attaqué. Karl acquiesça.

— Il vous a probablement marqué dans un endroit public ou pendant la nuit.

Je frissonnai à l'idée d'une créature aux yeux de braise et au souffle glacial rôdant autour de ma maison d'enfance. Mon imagination n'avait pas besoin de travailler bien fort. Un regard par la fenêtre m'apprit que nous étions au centre de Pont-Rouge. Karl ne semblait pas près de s'arrêter.

Alors qu'il s'engageait sur le pont qui enjambait la rivière Jacques-Cartier, je reconnus le secteur du moulin. Mon ventre se mit à gargouiller. Même si le Bonhomme Sept Heures utilisait sa magie pour guérir, il drainait les ressources du corps du patient pour se nourrir. Je pointai le Casse-croûte du Vieux-Moulin à Karl. Il mit son clignotant et s'arrêta sans se faire prier.

— Je vois où sont tes priorités, dit-il.

— Rien de mieux qu'une poutine pour se remettre d'une tentative d'enlèvement.

Il fronça les sourcils, contrarié.

— Je ne t'ai pas amenée ici contre ton gré.

Je secouai la tête. L'après-midi avait été mouvementé.

— Je parle du Gwyllion. Il voulait m'amener voir Mab.

Karl passa ses mains sur le volant avec un regard pensif.

— On dirait bien que je n'aurai pas le choix de faire acte de présence à la table des discussions avant la fin du week-end.

Mon esprit me fournit une image de Karl sous sa forme monstrueuse, rugissant pour se faire écouter des autres créatures. Ça ne pourrait que mal finir. Ou peut-être que c'était exactement ce qu'il fallait pour mater tous ces monstres. Mon calme se fractionna soudainement et je me mis à rire. Les larmes me montèrent aux yeux et je plaquai mes mains contre ma bouche pour étouffer le son. Karl m'envoya un regard inquiet. Je l'aurais été aussi à sa place. Je ravalai mon amusement et pris un air sérieux.

— Si vous parvenez à en faire une démocratie et que tu te présentes aux élections, je te promets de faire du porte-à-porte pour ta campagne.

Il me fit une grimace incrédule. Je lui tournai le dos pour cacher mon sourire et sortis de la voiture.

— Hilarant, dit-il. Même si j'étais motivé à le faire, ça tournerait au bain de sang en quelques semaines. On ne peut pas garder le contrôle des monstres avec des promesses et des subventions. Il n'y a que la violence qu'ils comprennent. Regarde la lignée des Rois-Mages. Le dernier s'est fait assassiner et le Roi actuel ne cesse de recruter pour augmenter la force de son armée.

Un mauvais pressentiment me traversa. Ses paroles étaient l'écho précis de mes pensées. Par moment, j'avais l'impression que les démarches entreprises par Christian ne pouvaient que se terminer de façon tragique.

Je me dirigeai vers le comptoir du casse-croûte. L'endroit était généralement bien fréquenté, mais comme il était encore tôt pour souper, je passai sans faire la file. Seuls un couple plus âgé et un groupe d'adolescents étaient assis aux tables. Je demandai une poutine et un jus de fruits. Karl doubla ma commande et paya la facture. Je le remerciai, circonspecte.

Certains prédateurs prenaient très au sérieux le fait de nourrir leur entourage. Je n'avais pas l'intention de rester dans l'ombre de Karl une fois son problème résolu. Mais je ne me sentais pas la force de le rabrouer.

– Je vais aller choisir une table.

Il acquiesça et je tournai les talons vers la terrasse, soulagée de mettre de la distance entre nous, même si c'était temporaire. Je choisis un endroit où nous serions à l'abri des oreilles indiscrètes grâce au bruit des voitures et celui de la rivière. Je m'appuyai contre la table et tournai mon visage vers le soleil.

Même si nous retrouvions Marc indemne, j'ignorais s'il accepterait de parler à Karl. Je fermai les yeux un peu plus fort à l'idée de ce que les vampires étaient peut-être en train de lui faire subir. Je relâchai mon souffle et me concentrai sur ma respiration. Mis à part le sortir du pétrin où il était, je ne pouvais rien faire dans l'immédiat.

Au bout d'un moment, j'entendis des bruits de pas et pivotai. Karl déposa le plateau au milieu de la table et prit place de l'autre côté. Je me redressai et attrapai ma fourchette. La première bouchée me fit fermer les yeux de satisfaction. Aucun restaurant ne pouvait rivaliser avec la poutine de casse-croûte. J'ouvris les yeux pour voir Karl qui m'observait avec un sourire amusé. Je haussai les épaules en lui rendant son sourire.

Mes pensées revinrent vers nos parents respectifs. Je trouvais étrangement déroutante l'idée que nous soyons devenus orphelins en même temps. Comme Karl l'avait mentionné, il y avait des fortes chances que les deux événements soient liés. Un groupe de loups-garous bestiaux aurait-il pu avoir raison du Windigo? J'avais de forts doutes. Un autre surnaturel avait sûrement été impliqué.

— Si je comprends bien, tu t'es proclamé justicier.

Karl releva les yeux de son plat à mes paroles. Le soleil accentuait les reflets dorés de ses cheveux. Le vent avait déplacé quelques mèches sur son front et je dus serrer les mains pour éviter de les remettre en place. Je secouai la tête pour m'éclaircir les idées. Karl dut le prendre pour de la désapprobation. Il haussa les épaules, agacé.

— Justice ou vengeance, appelle ça comme tu veux. Je suis la seule personne intéressée à découvrir la vérité. Mon père était un véritable monstre, selon ce qu'on m'a raconté.

Il avait reporté son regard sur son assiette et je ne pouvais pas lire son expression, mais son ton était clairement amer. Il reprit après une gorgée de jus.

— Le recensement de ses victimes est une aberration, même au sein de la communauté surnaturelle. Il s'est calmé après avoir rencontré ma mère, mais ça ne le rachète pas pour autant.

Karl avait mentionné qu'ils étaient une lignée d'hommes maudits. À quel point son père avait-il été victime de la malédiction? J'espérais que son fils ne suivrait pas ses traces, ou pire le surpasserait. Je pouvais vivre avec l'idée d'un tueur, mais pas celle d'un réel monstre.

– Je me serais attendue à ce que le Windigo soit d'origine amérindienne, considérant les légendes.

J'agitai une main vers lui pour souligner le fait qu'il n'avait pas grand-chose en commun avec les Premiers peuples. Il eut un sourire en coin et hocha la tête.

– La malédiction du Windigo est une condamnation faite par un Shaman à un homme qui aurait commis un crime haineux.

Il haussa les épaules et détourna le regard.

– De ce que j'en sais, ma lignée remonte au tout début de la colonie. Je n'en sais pas vraiment plus. Ce savoir s'est perdu avec la mort de mon père.

Mon cœur se serra et je baissai les yeux vers la table. J'avais aussi perdu énormément de choses avec la mort de mes parents. La question « antécédents familiaux » prend un tout autre sens dans des circonstances comme les nôtres. Il s'éclaircit la gorge et reprit.

– Ma mère a disparue en même temps. Je n'ai aucun souvenir de ces quelques mois. Quand Alain m'a recueilli, ça faisait plusieurs semaines que j'étais seul. Il a fait des recherches en pensant trouver un cadavre, mais il n'a rien trouvé. Il y a quelques années, je me suis dit qu'elle était peut-être quelque part.

Je pouvais entendre l'espoir dans ses paroles. Ce n'était pas quelque chose qui avait été à ma portée. La mort de mes parents était un fait documenté.

Quelques heures après l'attaque des loups-garous bestiaux, Marc, notre voisin de l'époque, s'était glissé chez nous dans l'espoir de trouver des survivants. Sa maison avait été attaquée juste avant la nôtre, alors qu'il était dans la chambre froide au sous-sol. Sa femme avait eu moins de chance.

Il m'avait trouvé dans un placard de la buanderie. Alors que nous sortions de la maison, les loups-garous bestiaux étaient revenus, attirés par le bruit. Marc avait réussi à nous cacher dans la forêt.

Lorsque mon père avait manqué de se présenter pour son quart de travail suivant, la compagnie minière avait envoyé quelqu'un. Par chance, c'était un surnaturel, un Shaman de petit calibre. Plutôt que d'appeler la police en premier, il avait contacté la meute des Faoladh de Québec.

J'avalai péniblement ma salive. À la place de Karl, j'aurais aussi remué ciel et terre pour retrouver ma mère. Il haussa les épaules et détourna le regard. Je reconnaissais cette émotion. Je tendis une main par-dessus la table.

— Ma mère me manque aussi.

Sa main attrapa la mienne, chaude et légèrement rugueuse. J'avais voulu lui remonter le moral, mais maintenant c'était à mon tour d'être émue. Je m'éclaircis la gorge et retirai ma main. Karl termina sa poutine, le regard fixé sur son assiette. Il était probablement aussi mal à l'aise que moi. Je tentai de mettre de l'ordre dans mes idées.

— Donc tu penses qu'en retraçant les derniers jours de ton père, tu pourras retrouver ta mère.

Il acquiesça sans me regarder. Il empila nos déchets sur le plateau et le déplaça sur le côté. Ses yeux croisèrent enfin les miens.

— Tu es ma première piste viable depuis très longtemps. La présence des Faoladh au lac Carheil change les choses aussi. Christian ou Bridget détiennent peut-être des informations. Jusqu'ici, je n'avais pas de portrait précis de la séquence des événements. J'avais entendu parler de la pupille des loups, mais je n'avais pas fait le lien avec le massacre.

Une boule hideuse d'émotions remonta dans ma gorge à la mention des Faoladh et de leur implication. Je refusai d'étudier la question plus en profondeur. J'allais aider Karl et faire ma remise en question plus tard.

– Si tu veux leur parler, ils sont assez faciles à trouver. Si je comprends bien, ils n'attendent que toi à leur petite réunion.

Malgré mes efforts, une certaine amertume se devinait à mon ton. Je clignai des yeux en espérant qu'il ne le prendrait pas mal. Il retroussa le nez avec une grimace dégoûtée.

– Pas pour l'instant. Je préférerais parler à Marc en premier. Comme je n'ai aucun intérêt à parler à Félicitée, nous allons devoir être créatif pour le sortir du nid.

J'ouvris de grands yeux à ce « nous ». Il devait bien être au courant que j'étais une simple humaine. Aller me promener sous le nez des vampires était hors de question, même en compagnie du Windigo. Au mieux, mon plan avait été de demander à Christian de faire appel à des alliés de la meute.

– La Dame blanche devrait être en mesure de nous aider, dit-il.

J'acquiesçai avec lenteur.

– D'accord, tu m'appelleras à ton retour.

Karl secoua la tête, sourcils froncés. J'ouvris la bouche pour lui expliquer l'évidence lorsqu'il se figea. Il tourna la tête et scruta le ruisseau. Son regard fit le tour de terrain avant de revenir vers moi.

– Qu'est-ce que c'est? dis-je tout bas.

– Des voix d'enfants, répondit-il sur le même ton. Près du ruisseau. Mais il n'y a rien.

Je sortis mon smartphone de ma poche et ouvris l'appli photo. Je zoomai sur la berge. Assurément, des visages et des membres se dessinaient dans les ondulations de l'eau.

– Des Saulteux.

Il jura, les dents serrées. Je grimaçai et remis mon téléphone dans ma poche. Une fois repérés, les petits chenapans avaient disparu sous la surface de l'eau. Je me tournai vers Karl, la mine sombre.

— D'ici moins d'une heure, les Faoladh connaîtront notre position et nos intentions. Mais avant, ils vont sûrement rapporter l'information à un des monstres marins.

J'ignorais si les Saulteux étaient loyaux à Memphré, Ponik ou Champi. Memphré changeait d'idée et d'allégeance selon les marées, façon de parler. Ponik était venu assister à la table des discussions par politesse et n'avait aucun intérêt pour les jeux de pouvoir. Quant à Champi, il faisait toujours passer ses intérêts en premier. Selon Christian, ils étaient tous irascibles et particulièrement agressifs une fois contrariés.

Dans les trois cas, je ne voyais aucun scénario à notre avantage. En apprenant que j'avais pris contact avec le Windigo, les Faoladh exigeraient probablement que je le leur amène. Je me frottai les tempes. Je n'avais aucune envie de voir mes tuteurs dans mon état d'esprit actuel. Et je doutais de pouvoir obliger Karl à faire quoi que ce soit.

Chapitre 10

Je suivis Karl du regard alors qu'il débarrassait nos déchets dans la poubelle voisine. Je m'éloignai de la table et il m'escorta jusqu'à la voiture en silence. Une fois nos ceintures bouclées, il prit la direction de Saint-Raymond.

Comme il ne disait toujours rien, je pris mon courage à deux mains.

— Est-ce que tu m'amènes chez la Dame blanche?

Il me jeta un regard de biais, comme s'il cherchait la réponse appropriée. Je croisai les bras devant sa dérobade.

— On m'a mise en garde à plusieurs reprises de ne jamais aller à sa rencontre.

Ses mains se crispèrent sur le volant, mais il ne répondit pas. Je me penchai vers lui.

— Peux-tu m'expliquer pourquoi j'irais de mon plein gré? Je ne suis pas suicidaire.

Il inspira profondément, le regard sur la route. Lorsqu'il prit la parole, son ton était posé.

— Est-ce que tu sais quel type de créature est la Dame blanche?

Je haussai les épaules, frustrée qu'il s'obstine.

— J'ai entendu dire que c'était quelque chose entre une Fae et une sorcière, répondis-je.

Il acquiesça.

— C'était une Fae, avant qu'elle se jette du haut de la chute Montmorency. Plus précisément une princesse exilée de la haute cour. Après la bataille entre les Français et les Anglais, le manitou de la chute était agité. Aussi, quand elle s'est jetée de la falaise, toute cette énergie l'a transformée en Bean Sidhe, ou Banshee. C'est une enchanteresse et une prophétesse.

Je fronçai les sourcils.

– Et alors? Autant de bonnes raisons d'en rester loin.

Il me lança un regard exaspéré.

– Elle annonce principalement des décès, ce qui fait qu'elle n'a pas la cote auprès des surnaturels. Et en tant qu'enchanteresse, elle peut dérober la volonté des faibles d'esprit et influencer la plupart des autres.

– Je suis impatiente de la rencontrer.

Mon ton sarcastique le fit sourire. Il tendit la main et tapota ma cuisse.

– Tu t'en sortiras très bien.

J'ouvris de grands yeux et étouffai un grognement d'incrédulité. C'était ça ou lui attraper la main et la garder dans la mienne. J'avais toutes les difficultés du monde à lui en vouloir. Comme si mon instinct de survie m'avait quitté.

– Nous avons collaboré par le passé et elle devrait être disposée à nous aider, poursuivit-il.

Mon smartphone vibra dans ma poche. Soulagée d'avoir une diversion, je jetai un coup d'œil à la notification.

Bastien « Où es-tu? Tout le monde te cherche »

Je mis mon smartphone face contre ma cuisse, pour éviter que Karl voie le message. Je ne savais pas ce qui était préférable. Un mensonge ou l'ignorer complètement? Mon smartphone vibra de nouveau. Je n'osais pas le retourner. Mais c'était sans compter l'ouïe trop fine de mon conducteur.

– Ils sont inquiets pour toi, devina-t-il.

Je haussai les épaules et cédai à la tentation de vérifier l'écran.

Bastien « Stp, répond »

Un troisième s'afficha avant que je n'aie le temps de réagir.

Gen « Ton frère m'a texté. Et ce n'est pas pour me proposer une sortie. Ma déception est totale. »

À la vue de l'emoji de pleurs, je déverrouillai mon smartphone et me dépêchai de lui répondre.

« Je me suis chicanée avec mes tuteurs. Dis-lui que je vais revenir quand je serai prête. »

Gen « Oh non! Appelle-moi si tu as besoin de parler. »

Elle ajouta une crotte et un cœur. Je roulai des yeux.

« Je vais peut-être avoir besoin de ton divan ce soir. »

Gen « Quand tu veux! »

Je soupirai, soulagée. J'enfonçai le bouton pour éteindre complètement mon smartphone. Je doutais que la meute puisse me tracer grâce à lui, mais mieux valait être prudente. Karl me jeta un regard curieux, mais ne posa pas de question.

Arrivé à une intersection, il ralentit et s'engagea sur la route transversale. Le coin était boisé et chaque propriété était cachée à la vue des voisins. Au bout de quelques minutes, il ralentit et se gara sur le côté. Il tapota l'écran du tableau de bord et activa le GPS.

Je me mordis l'intérieur des joues pour retenir un commentaire désobligeant. S'il était copain-copain avec la Dame blanche, il aurait dû savoir comment aller chez elle. Il entra une adresse et la voix nous avisa de faire demi-tour. Je fronçai les sourcils et jetai un coup d'œil circulaire. Il n'y avait aucune propriété à proximité.

Karl manœuvra le véhicule pour changer de direction et roula doucement sur une centaine de mètres. Là où se trouvait le point sur la carte, il n'y avait que des arbres. Le GPS demanda à nouveau de faire demi-tour. Je me tournai dans mon siège et scrutai les alentours.

Comme Karl faisait un deuxième passage à basse vitesse, ma curiosité l'emporta.

– C'est sûrement une erreur et l'adresse est plus loin sur la route.

Karl ne fit pas mine de m'avoir entendue. Il mit la voiture à reculons et parcourut les mêmes cent mètres.

– Elle va finir par apparaître.

– Comme par magie?

Il m'envoya un regard excédé.

– Oui. C'est une enchanteresse.

Je regardai dans le miroir de côté. Je pouvais y voir une boîte aux lettres en fer forgé sur le bord de la route. La base était ornée de feuillage et de lianes qui grimpaient le long du support. Plus près de la boîte, les tiges se terminaient par des fleurs semblables à des roses. Je me tournai dans mon siège pour mieux la voir. Mais la route était vide, bordée seulement d'herbes hautes et de buissons.

– Arrête-toi.

J'agrippai le rétroviseur et le tournai dans ma direction. Karl me regarda faire, sourcils froncés.

– Là! L'entrée est juste ici.

Il se pencha au-dessus de la console centrale pour regarder dans la même direction que moi. Il regarda alternativement la route puis le miroir. Finalement, il se tourna vers moi, un sourire aux lèvres.

– Une simple humaine a déjoué les illusions de la Dame blanche.

Je croisai les bras.

– On n'est pas arrivé, je te signale. Comment vas-tu entrer dans une allée invisible?

Karl embraya la voiture en marche arrière à nouveau et se dirigea à l'aide des rétroviseurs. Sans hésitation, il engagea la voiture dans le sous-bois. J'agrippai la poignée de maintien au plafond. Dès que le nez de la voiture eut quitté la route, mes oreilles débouchèrent et le décor changea.

La voiture se trouvait au milieu d'une large entrée de gravier bordée de cèdres. La boîte aux lettres était dorénavant juste à côté de moi. Les roses étaient magnifiquement travaillées, avec une effusion de pétales de fer à chacune d'elles.

Karl passa son bras derrière mon dossier et recula à bon train jusqu'au premier bâtiment. Son souffle me chatouilla la tempe et ses doigts étaient assez proches pour frôler mon épaule. Je fis de mon mieux pour l'ignorer et gardai mon attention sur le décor.

Le véhicule s'immobilisa à côté d'un garage double en planches. La peinture était d'un blanc immaculé et les fenêtres étincelaient sous le soleil. En face, il y avait une maison de campagne avec un toit en versant et une énorme véranda tout autour. Je comptais quatre lucarnes à l'étage supérieur.

L'aménagement paysagé était impeccable, avec des buissons parfaitement taillés et des rocailles de fleurs alternativement roses et jaunes. L'allée en gravier continuait derrière la maison où on apercevait des clôtures et d'autres bâtiments, dont une écurie si on se fiait aux chevaux en pâturage.

Je débouclai ma ceinture et rejoignis Karl de l'autre côté de la voiture. Je croisai les bras pour contenir un frisson. Le soleil commençait à baisser et la brise était plus fraîche qu'en ville. Je suivis Karl jusqu'à la véranda, mais restai au bas des marches tandis qu'il jetait un coup d'œil par la fenêtre. Je lui enviai son assurance de pouvoir faire face à n'importe quelle situation. Il revint vers moi en secouant la tête.

– Elle n'est pas ici. On devrait aller voir à l'arrière.

Je me balançai d'un pied à l'autre. Une seule pensée me revenait sans cesse et c'était de partir d'ici le plus rapidement possible. Il pointa l'écurie du menton et fit mine d'attraper ma main.

Avant même d'y penser, je l'évitai d'un pas de côté. La main de Karl resta suspendue dans les airs une fraction de seconde. J'avalai péniblement, le goût amer des regrets sur ma langue. Son regard fouilla le mien, sans doute à la recherche d'une explication. Je haussai les épaules, incapable de trouver les mots. Je pris les devants, tout en me traitant de tous les noms d'oiseaux que je connaissais.

Les portes de l'écurie étaient toutes grandes ouvertes et je pouvais sentir l'odeur des chevaux à plusieurs mètres. Une fois entrée dans la pénombre du bâtiment, je cherchai une présence humaine du regard. Le silence était coupé seulement par le bruit de mastication des animaux et quelques fouettements de queue pour chasser les mouches.

Je m'arrêtai devant le premier box où se trouvait un énorme cheval. Il était complètement noir, avec de longs poils aux sabots et une crinière ondulée. Il se tenait de profil et releva la tête à ma vue. Ses oreilles pivotèrent de l'avant vers l'arrière. Je m'approchai de la porte et le cheval en fit de même.

Alors que j'allais tendre la main, il aplatit ses oreilles dans sa crinière et arqua le cou, les lèvres retroussées sur son impressionnante dentition. Je me figeai de surprise. Karl m'attrapa par le bras et me plaqua contre lui. Mon cœur se mit à battre à toute vitesse. La bête recula, l'air toujours aussi menaçant et rua dans le mur. Le son résonna dans l'écurie et les autres chevaux s'agitèrent.

— Je ne ferais pas ça, si j'étais toi, dit Karl. J'ai peu d'appétit pour la chair des démons, mais je serais prêt à faire une exception.

Le cheval baissa la tête et renâcla avant de se détourner. Je relâchai mon souffle et posai une main sur ma poitrine. Karl le fixa du regard encore un instant avant de poursuivre son chemin.

— Ne te fie pas aux apparences, dit-il. La plupart ne sont pas de vrais chevaux.

J'acquiesçai d'un signe de tête, encore sous le choc. Comme il me tenait par le bras, je n'eus d'autre choix que de marcher au milieu de l'allée avec lui. De toute façon, l'incident avait atténué de beaucoup ma curiosité. Et la chaleur qu'il dégageait était la bienvenue avec la fraîcheur ambiante.

Je comptai une vingtaine de box avant d'arriver à l'autre extrémité de l'allée. Les deux dernières portes donnaient respectivement sur une pièce remplie d'équipements et sur une salle de détente avec une cuisinette.

Karl me relâcha et y passa la tête pour confirmer qu'il n'y avait personne. Il se dirigea vers l'extérieur et je le suivis un pas derrière. Nous étions devant une énorme arène en sable. Une cavalière et son cheval galopaient en cercle à l'autre extrémité. Karl s'approcha de la clôture blanche et s'y accouda. Plus circonspecte, je gardai une distance sécuritaire.

La cavalière ne semblait pas nous avoir vus, mais au bout d'un moment, elle fit faire une manœuvre à sa monture et l'aligna face à nous. Encore une fois, c'était un cheval noir. Son toupet était si fourni qu'on ne voyait plus ses yeux. Son équipement était de la même couleur que son pelage, avec des coutures blanches.

La cavalière était aussi vêtue de couleurs foncées, avec des cheveux d'un blond presque blanc. L'effet était à la fois élégant et intimidant. Alors qu'elle se dirigeait vers nous, toujours au galop, elle balançait les épaules de droite à gauche et le cheval semblait lever la jambe avant correspondante avec la même cadence.

Un frémissement me traversa et je résistai à l'instinct qui me poussait à reculer. Si j'avais voulu dépeindre un cavalier de l'apocalypse en femme, ça aurait été exactement ainsi. Ses pommettes saillaient, mises en évidence par un menton étroit. La couleur rouge sang de ses lèvres contrastait avec son teint de porcelaine. De fins sourcils arqués encadraient ses yeux effilés. Elle fit un arrêt complet à quelques mètres de nous.

Après avoir flatté l'épaule de sa monture, elle retira ses pieds des étriers. Elle sauta au sol et avança jusqu'à la clôture avec la démarche d'une princesse. Karl leva une main.

– Bonjour Mathilde. Belle bête, dit-il.

– Déjà vendu. Il part la semaine prochaine pour la Californie.

Le regard de la Dame blanche se posa sur moi et me transperça. Mon souffle se coinça dans ma gorge. Elle eut un sourire sardonique.

– Il sera sûrement dans la prochaine grosse production cinématographique. Tu peux le flatter, si tu le souhaites.

Je secouai la tête, incapable de parler. Elle haussa un sourcil. Un hennissement dans l'écurie lui fit tourner la tête. Mes épaules se relâchèrent avec le soulagement de ne plus être le centre de son attention.

– Ah, Gidéon a fait des siennes. Ignorez-le. Il est fâché parce que je l'ai mis en punition. Il a profité d'une consigne un peu trop vague pour faire du grabuge.

Son expression contrariée était absolument terrifiante. Elle pointa l'animal à ses côtés et ses traits reprirent un air agréable.

– Celui-ci est un véritable cheval.

Je lui offris un sourire neutre. Quel genre de personne gardait des démons comme animaux de compagnie? Elle fit signe à Karl.

– La porte, je te prie.

Il obtempéra et fit coulisser la barrière de l'arène. Mathilde passa la clôture et se dirigea vers l'écurie. Elle nous fit un signe par-dessus son épaule. Karl me tendit la main, paume vers le haut. Je l'observai comme si elle allait me mordre avant de secouer la tête.

– Tu devrais garder tes mains libres, si jamais tu dois te défendre.

Il inclina la tête, perplexe.

– J'ai d'autres armes.

– Ton charme et ton air de *beach boy*? nous parvint la voix de la Dame blanche.

Il sourit et tourna les talons vers l'écurie. J'entrai à sa suite, les joues brûlantes. Le cheval était déjà attaché à des chaînes de chaque côté de l'allée. Mathilde entra dans la pièce où était entreposé l'équipement. On y entendit de l'eau couler, puis elle revint vers son cheval. Je décidai de changer le sujet avant qu'elle ne prenne la liberté de commenter notre interaction.

– Je croyais que vous aviez été invitée à la table des discussions, dis-je.

Elle acquiesça tout en détachant la sangle de sa selle.

– J'ai décliné. Je suis établie ici depuis plus longtemps que les Européens. Avant mon départ du vieux continent, je leur avais bien fait comprendre de ne plus jamais se mêler de mes affaires. Si le Roi-Mage pense que la situation a changé, je me ferai un plaisir de lui prouver le contraire.

Karl croisa les bras.

– J'aimerais bien pouvoir suivre ton exemple, mais je crois que je n'aurai pas ce luxe.

Mathilde retira la selle et les tapis du dos du cheval et se tourna vers lui avec un haussement de sourcil.

– Ton charme légendaire n'a pas fonctionné sur eux?

Elle lui tourna le dos sans attendre de réponse et partit ranger son matériel. Je jetai un regard à Karl. Il avait l'air plus agacé qu'amusé. À son retour, elle s'arrêta devant lui, les mains sur les hanches. Elle le jaugea du regard.

– Je pourrais faire de toi mon prochain cheval-bâtisseur.

Elle agita la main vers l'autre extrémité de l'écurie.

– Ne fais pas attention aux récriminations de Gidéon. Il y a beaucoup d'avantages à cette métamorphose. Tu n'aurais plus à te soucier des chamailleries entre les Clans et la Faction.

Mon regard alterna entre les deux. Je doutais qu'il accepte son offre, mais l'inquiétude me comprima la poitrine. Je n'avais aucune envie de repartir d'ici seule ou d'être à la merci de la Dame blanche. Karl montra les dents.

— Même si j'étais intéressé, je ne crois pas que ta magie aurait assez d'emprise sur moi.

La Dame blanche mit une main sur son cœur et prit un air offensé.

— Un refus? Terrible. Et dégoulinant d'arrogance.

Gidéon hennit de son box. Elle recula d'un pas et se pencha pour attraper une brosse dans un seau. Elle me la tendit avec un sourire. Mon sang se glaça dans mes veines.

— La petite souris des Faoladh ne me serait pas d'une grande utilité, sauf peut-être comme palefrenière.

Je croisai les bras, le cœur battant la chamade. Une étrange pression m'assaillit la nuque, suivie d'une forte envie de plaire à la Dame blanche. Je secouai la tête et reculai d'un pas. Elle laissa retomber son bras, avec une moue pensive.

— Peut-être pas une souris finalement.

Elle me tourna le dos et s'affaira à brosser son cheval. Je me mis à respirer comme si j'avais couru un sprint et mon front se couvrit de sueur. À côté de moi, Karl avait l'air furieux.

— Satisfaite? As-tu fini de jouer à tes petits jeux?

Elle lui jeta un regard dérisoire.

— Attends de voir les jeux de la Cour et de la scène politique. Ce n'est pas sans raison que ton père ait perdu patience et ait tué le Roi-Mage Sven. En quelle année, déjà? Ce devait être une dizaine d'années avant ta naissance.

— 1985, répondis-je par réflexe.

Le Roi-Mage Sven et son fils avaient été assassinés dans un guet-apens. Son frère avait pris le trône, mais il n'avait toujours pas assuré sa descendance. Christian avait insisté pour que je connaisse tous ces faits par précaution, mais jamais personne n'avait mentionné l'implication du Windigo. À voir la tête de Karl, il ne l'avait pas su non plus.

— J'aurais aimé connaître cette information avant aujourd'hui.

Sa voix était descendue de plusieurs octaves. Je fis un pas de côté et me plaçai de façon à faire face aux deux prédateurs. Trop occupés à s'affronter du regard, ils ne semblèrent pas remarquer mes mouvements. J'en profitai pour reculer encore un peu.

Le cheval semblait partager mon malaise et il se mit à piétiner. Des frissons me recouvrirent les bras. Comme un peu plus tôt chez Marc, la température chutait et la luminosité diminuait. Pourtant, Karl avait encore sa forme humaine. Physiquement, rien n'avait changé. Mais sa présence était immanquable. J'étais prise entre la crainte et l'admiration devant toute cette puissance.

La Dame blanche quant à elle avait acquis un halo lumineux. Des mèches de cheveux qui s'étaient libérées de son chignon commençaient à flotter tout autour de sa tête. Même si Karl semblait convaincu de pouvoir résister à sa magie, et j'étais tentée de le croire, je n'avais pas envie d'assister à un autre combat.

— Un marché.

Les deux prédateurs portèrent leur attention sur moi. Mon cœur manqua un battement. Je poursuivis avant de perdre mon sang froid.

— Pour réparer un ego bafoué, votre aide, vous nous offrez.

La Dame blanche perdit son étrange luminescence et croisa les bras.

— Ce n'est pas la pire rime que j'aie entendue, mais tu aurais pu trouver mieux.

Elle se tourna vers le Windigo, car c'est ce qu'il était en ce moment. Il exsudait un froid glacial et ses yeux n'étaient plus vraiment bleus. Je me frottai les mains discrètement. Le regard de la Dame blanche alterna entre nous.

– Un service, je vous rendrai, et ma solitude, vous honorerez.

Karl inspira profondément et la clarté du jour revint. Je clignai des yeux à quelques reprises, stupéfaite que ma tentative ait fonctionné. Christian m'avait dit d'éviter de marchander avec les Faes, sauf en dernier recours. La plupart d'entre eux étaient incapables de passer ce genre d'opportunité. Mais ils avaient la mauvaise habitude de tourner le sens des mots à leur avantage.

Mathilde récupéra sa brosse tombée au sol. Elle s'affaira à étriller son cheval, comme si de rien n'était. J'en profitai pour glisser un regard vers Karl. Il était appuyé contre la porte du box voisin, l'air pensif.

Je sursautai lorsque Mathilde détacha les chaînes et les laissa retomber. Elle mena son cheval jusqu'à un box un peu plus loin. Elle lui donna une galette de foin et referma la porte. Je repassai les paroles de notre marché dans ma tête pour m'assurer que je n'avais rien manqué. Elle secoua ses mains et se dirigea vers la cuisinette.

– Thé, eau, scotch?

Alors que j'allais répondre par la négative, Karl m'effleura le coude et secoua la tête. Je plissai les yeux, agacée. Je savais pertinemment qu'il ne fallait jamais accepter de nourriture d'une Fae. J'étais tentée d'accepter juste pour le contrarier. Il me fit un sourire d'excuse, comme s'il avait deviné mes pensées.

Il me fit signe de le précéder et j'inspirai profondément. Ce n'était pas le moment de jouer aux ados rebelles. Mais il faudrait que je rectifie la situation entre nous tôt ou tard. Mathilde se dirigea vers un des divans dans le coin détente, un verre à fond plat à la main. Elle indiqua l'espace cuisine d'un signe de tête.

– Servez-vous. Sans condition ni répercussion.

Je la remerciai et remplis un verre d'eau à l'évier. Je profitai de ce moment de répit pour prendre plusieurs bonnes respirations. J'avais beau être à l'aise avec les surnaturels en général et les prédateurs en particulier, j'étais très loin de ma zone de confort. Accompagner Karl chez la Dame blanche et marchander avec elle allait à l'encontre de toutes les consignes de sécurité qu'on m'avait inculquées.

Mon attention dériva sur le décor. Le comptoir était en marbre blanc veiné de gris. L'évier de ferme était double et pouvait être actionné par des pédales au sol. Le lustre au-dessus de la table était une longue échelle en bois de grange ornée de lumières au style industriel.

L'endroit était bien trop luxueux pour une écurie. Lorsque je rejoignis Karl et Mathilde, cette dernière me souriait d'un air dérisoire, comme si elle avait deviné mon malaise. Je pris place à côté de Karl.

– Qui comptes-tu tuer cette fois-ci? demanda la Dame blanche.

Je me crispai à ses paroles et elle ne manqua pas de le remarquer.

– Personne, si possible. C'est pour cette raison que j'ai besoin d'un coup de main. Je dois sortir quelqu'un du nid des vampires à Montréal. As-tu encore un Kelpie dans ta ménagerie? Ou un autre moyen de transport rapide?

Mathilde pencha la tête sur le côté et nous considéra.

– Tu vas avoir besoin d'un meilleur traqueur qu'un Kelpie pour retrouver quelqu'un dans le nid des vampires.

– Ce ne sera pas nécessaire. Il porte la marque du Windigo.

Mathilde haussa les sourcils.

— Tu as fait du ménage? Ton père devait avoir plus de mille proies marquées. Aux dernières nouvelles, tu étais incapable d'en isoler une.

Karl s'éclaircit la gorge et me jeta un regard de biais. Je haussai un sourcil interrogateur et il acquiesça finalement.

— J'ai fait du ménage.

Autrement dit, il avait tué plusieurs centaines de personnes depuis leur dernière rencontre. Je m'obligeai à prendre une gorgée d'eau pour conserver mon calme. Le regard de Mathilde alterna entre nous.

— Bon à savoir.

J'eus la conviction qu'elle l'avait obligé à le dire à voix haute dans le seul but de me déstabiliser. Mes mâchoires se crispèrent. Je n'étais pas une petite fleur fragile si facilement effarouchée. Elle déposa son verre sur la table basse entre nous.

— Je peux te prêter un cheval-bâtisseur. Il sera en mesure de vous amener à destination rapidement et de vous donner accès au nid. Par contre, je n'ai pas l'intention d'entrer en conflit avec Félicitée. Vous vous débrouillerez pour le reste.

— C'est très généreux de ta part, répondit Karl.

Je décelais une note de suspicion dans sa voix. Je retournai les mots de la Dame blanche et tentai de trouver le piège. Elle balaya l'air de la main.

— Outre notre marché, je suis plutôt curieuse de voir quel genre de chaos vous allez faire pleuvoir sur cette bande de collets montés.

Elle porta son attention sur moi et son regard me fit frissonner. Je réprimai l'envie de croiser mes bras. Je refusai d'être la souris qu'elle avait décrite.

— Nous faisons souvent des choses stupides au nom de l'amour. Ne saute surtout pas en bas d'une falaise s'il te le demande. Ça ne peut que mal finir. Je sais de quoi je parle.

Sur ces paroles, elle se leva et retourna dans l'écurie. Je fermai les yeux et frottai mes tempes. Karl s'était levé en même temps que Mathilde et je l'entendis se placer devant moi. Je relevai les yeux vers lui pour réaliser qu'il m'observait.

Son regard avait quelque chose de féroce, mais j'étais incapable d'être effrayée. Peut-être que c'était la fatigue. Comme le divan était un peu trop moelleux, je lui tendis la main. Il l'attrapa instantanément et m'aida à me relever. Mon nez se retrouva à quelques centimètres de sa poitrine et je pouvais sentir son odeur, un mélange de soleil et de cèdre. J'allais m'éloigner avant de faire quelque chose de stupide, mais il me retint.

— Je ne laisserai rien t'arriver. Je ne te demanderai pas de sauter pour moi.

Je secouai la tête, incapable de parler en sachant que Mathilde entendrait ma réponse. Il agissait comme s'il souhaitait poursuivre une relation entre nous. Mais il m'avait clairement fait comprendre que mon seul attrait était lié à ses recherches. Geneviève aurait sûrement eu quelque chose à dire aux sujets des signaux contradictoires.

Ma détermination se solidifia, comme une boule de pâte dans mon estomac. Je refusais d'être utilisée. Et une relation avec lui ne pouvait que mal finir pour moi. Il serra les dents à mon expression.

— Je comprends que je dois mériter ta confiance.

Je tirai sur ma main et haussai les sourcils en guise de réponse. Je n'avais rien à faire de ses belles promesses. Ou c'est du moins ce dont j'essayais de me convaincre. Karl me relâcha enfin et je me dirigeai vers l'écurie d'où nous parvenaient des bruits de sabots.

Mathilde se tenait au centre de l'allée avec un grand cheval, noir une fois de plus. J'eus une hésitation, mais je pouvais voir que Gidéon était encore dans son box. Elle nous fit signe d'approcher.

– Voici Belmore, un de mes plus anciens chevaux-bâtisseurs. Il a quelques églises à son actif, dit-elle avec un clin d'œil.

Elle se plaça en face de la bête et se mit à psalmodier à voix basse. Elle monta progressivement le ton. Plus sa voix prenait en volume, plus elle émettait une lumière d'un blanc laiteux. Ses cheveux flottaient dans un vent invisible. J'étais incapable de détourner le regard, captivée par sa beauté. Elle posa une main iridescente au milieu du front du cheval.

L'animal tenta de danser de côté, mais un éclair de lumière l'en empêcha. Je fermai les paupières, éblouie. La Dame blanche termina sa litanie et je rouvris les yeux. Elle avait repris son aspect habituel et le cheval mâchonnait nonchalamment. Elle tendit les rênes à Karl.

– Inutile de te dire qu'il ne faut pas le débrider. Bonne chasse.

Chapitre 11

Karl offrit un sourire carnassier à la Dame blanche. Il passa les rênes sur le cou de la bête et agrippa une poignée de crins. Il recula d'un pas et sauta sur le dos du cheval. Sans selle. Je haussai les sourcils lorsqu'il me tendit la main, encore une fois.

Mathilde soupira derrière moi. J'allais reculer lorsqu'elle m'attrapa par la taille et me souleva. Karl attrapa mon bras et se pencha vers l'avant. En moins de deux, j'étais assise sur la croupe du cheval. J'entourai la taille de Karl de mes bras et serrai de toutes mes forces.

– Relâche tes jambes, me conseilla Mathilde. Ce n'est pas un vrai cheval, mais il va quand même réagir si tu continues de le talonner.

Je tentai de me détendre. Karl tapota ma cuisse puis salua la Dame blanche. Il avança la main qui tenait les rênes et claqua la langue. Belmore bondit vers l'avant et passa la porte de l'écurie à toute vitesse. Je fermai les yeux et collai mon front contre le dos de Karl. C'était ça ou crier à pleins poumons.

Plusieurs foulées plus tard, comme j'étais encore entière et bien assise, je relevai la tête. Comparativement à ma dernière balade à cheval, la chevauchée était beaucoup plus stable. Je pouvais sentir les muscles de l'animal se contracter au rythme de ses foulées, mais j'étais à peine plus secouée que sur une motocyclette.

Le paysage défilait si vite que je pouvais à peine distinguer les environs. Le soleil était presqu'à la ligne d'horizon. Ce qui nous laissait environ une heure avant le réveil des vampires.

Je frissonnai, autant en raison du vent qu'à l'idée de m'introduire dans le repère de Félicitée. Marc m'avait sauvé la vie alors que je n'étais qu'une enfant et il en payait encore le prix à ce jour. C'était la moindre des choses que je lui vienne en aide. J'espérais seulement ne pas déclencher des hostilités entre les vampires et les Faoladh. Je me voyais mal dire à Christian « Ce sont eux qui ont commencé » en guise d'excuse. Je me secouai mentalement. Je n'aurais aucune explication à fournir à Christian.

La meute m'avait prise sous son aile pour leurrer le Windigo. Ce dernier m'avait trouvé. J'avais rempli ma fonction. Si le Windigo ne voulait pas leur parler, ce n'était pas mon problème. Quoique les Faoladh ne me laisseraient pas m'en sortir aussi facilement. Leur instinct protecteur les pousserait à me garder sous leur contrôle.

Une vague de nausée m'obligea à respirer profondément. Je serais incapable de subir leurs questions et leurs interférences sans rien dire. Le seul moyen d'éviter que la situation m'éclate au visage serait de prendre mes distances. Je pourrais peut-être demander un transfert d'université et terminer mes études loin de tout ça.

Au bout d'un moment, la fatigue eut raison de mon anxiété et mon esprit se vida. Et je devins horriblement consciente de mes mains plaquées contre la taille de Karl. Je pouvais sentir sa chaleur et ses muscles au travers de son t-shirt.

Mes doigts me démangeaient de relever le tissu pour retirer cette barrière entre nous. J'agrippai mes avant-bras pour éviter de succomber à la tentation. Le mouvement me plaqua encore plus étroitement contre lui. Il me jeta un regard interrogateur par-dessus son épaule. Je tournai la tête et collai ma joue contre son dos pour éviter de lui répondre. Le battement de son cœur était étrangement réconfortant et je me concentrai sur sa cadence en contrepoint aux foulées du cheval-bâtisseur.

Finalement, Belmore ralentit sa course. Mes doigts étaient engourdis d'avoir tenu la même position si longtemps. Je les agitai pour y rétablir la circulation et tournai la tête pour observer les environs. J'avais visité Montréal à quelques reprises, mais le quartier où nous étions m'était inconnu.

Nous étions aux abords d'une large rue résidentielle avec des arbres matures. Les maisons ressemblaient à de petits manoirs. Entre les propriétés, je pouvais voir de l'eau miroiter la lumière du soleil couchant. Comme le nid de Félicitée était dans l'ouest de l'île et vu l'emplacement du soleil, nous devions être face au fleuve Saint-Laurent, quelque part près de l'aéroport Dorval.

Trop absorbée, je n'avais pas réalisé que Belmore s'était complètement immobilisé. Karl tendit un bras vers moi et se pencha légèrement pour m'aider à glisser au sol. Mes jambes protestèrent contre ce soudain changement de position et des éclairs me remontèrent des pieds aux genoux. Karl démonta comme si de rien n'était.

— Ça va? me demanda-t-il.

L'orgueil me fit serrer les dents.

— On ne peut mieux.

— Prends le temps de faire quelques étirements. Ça va passer.

Le cheval s'ébroua et se transforma en volutes de fumée. J'eus un mouvement de panique, convaincue qu'il nous quittait déjà. Son apparence se solidifia en un homme au visage émacié avec des yeux profondément enfoncés dans leurs orbites. Il dépassait Karl d'un bon dix centimètres, sans compter son chapeau haut de forme noir. Il portait un long trench-coat en velours de la même couleur. L'effet ressemblait terriblement à un croque-mort.

— Bonne course, dit Karl en guise de remerciement.

Belmore acquiesça sans mot. Une image s'imposa à moi, celle d'une légende québécoise où un violoneux inépuisable ensorcelle tout un village avec sa musique. La curiosité eut raison de ma surprise.

– Joues-tu du violon? demandai-je.

– Je ne suis pas de cette catégorie de démons.

Sa voix était basse et rugueuse. Ses yeux complètement noirs étaient posés sur moi avec une intensité dérangeante. Je détournai le regard et frottai mes bras pour dissiper mon malaise. Il écarta une main à l'intention de Karl.

– Et maintenant?

Karl pointa une maison plus loin sur la rue. Elle était légèrement en retrait, avec une entrée en fer à cheval. L'extérieur était en grosse pierre grise avec les portes et les fenêtres noires. Le toit avait plusieurs pignons, deux portes de garage d'un côté et une tourelle de l'autre. Les fenêtres étaient relativement étroites pour une si grosse maison. Plusieurs marches avec un énorme palier menaient à des portes doubles. Le terrassement était assez spartiate, quoique parfaitement entretenu, avec seulement quelques cèdres taillés. Deux Mercedes étaient stationnées en retrait.

Je levai les yeux vers le ciel pour évaluer le temps d'ensoleillement restant. Karl hocha la tête à mon intention.

– Nous avons une vingtaine de minutes pour entrer, trouver Marc et ressortir, dit-il.

Si les Faoladh patrouillaient dans leur quartier, les vampires faisaient sûrement de même.

– Ils doivent avoir des gardes de jour.

Et je n'avais pas très envie de les rencontrer.

– Belmore nous ouvrira la voie, dit Karl. Je m'occupe des gardes. Tu trouves Marc.

J'acquiesçai machinalement. Ce devait être le ton de voix, le même que Christian utilisait pour diriger ses Sentinelles. Je réalisai à ce moment que je n'avais jamais été une participante active à une situation de ce genre.

Les Faoladh m'avaient systématiquement gardée sur les lignes de côté. Était-ce ma fragilité d'humaine qui les avait poussés à agir ainsi ou ma valeur en tant qu'appât? Je jetai un regard vers le nid des vampires. Je n'avais rien à prouver à personne, si ce n'était à moi-même. La main de Karl sur ma taille me ramena au présent. Comme Belmore et lui me regardaient curieusement, j'avais dû manquer une question.

– Quelqu'un a un costume de livreur de pizza? demandai-je. Pour passer incognito.

Karl sourit, mais secoua la tête. Il pointa Belmore du menton.

– Les démons peuvent se camoufler au regard des humains. Belmore va étendre ce brouillage sur nous, à condition que nous restions suffisamment près.

– Ça ne durera que tant que nous serons discrets, précisa le démon.

Je tournai la tête d'un côté et de l'autre. La rue était relativement paisible. Plusieurs entrées de garage étaient vides. Les occupants avaient sûrement profité du long week-end pour sortir de la ville. D'un côté, il y avait un adolescent en vélo et de l'autre, un homme d'âge mûr qui marchait avec son chien.

Un raclement me fit me tourner. La porte de la maison derrière nous était ouverte. D'énormes arbustes floraux masquaient une bonne partie de l'entrée. J'avançai d'un pas et vis une vieille dame sur le perron. J'envoyai un coup de coude à Karl pour attirer son attention. Il grogna lorsqu'il réalisa qu'elle nous regardait.

La vieille dame fit signe à Belmore de s'approcher. Le démon releva un sourcil à notre intention. Karl haussa les épaules et lui fit signe de le précéder. Je les suivis quelques pas derrière. Arrivé devant le perron, le démon s'inclina à partir de la taille, les bras rigides à ses côtés.

– Madame? demanda-t-il.

À cette distance, je pouvais voir le chat angora qu'elle avait dans les bras. Elle portait une chemise au motif fleuri et une jupe avec des plis portefeuille. Le chat feula à la vue de Belmore et sauta au sol avant de disparaître dans la maison. La vieille dame plissa les yeux, les lèvres pincées.

– Que faites-vous ici, démon? Vous n'êtes pas le bienvenu.

Comme Belmore et Karl me faisaient dos, je ne pus juger de leur réaction. Toutefois, la crispation dans les épaules de Karl m'indiqua ce que j'avais besoin de savoir. L'air inoffensif de la vieille dame n'était probablement qu'une façade. Je reculai d'un pas.

– Marionnette, gronda le démon. Parles-tu au nom de tes maîtres?

C'était une servante humaine, une sorte de laquais surnaturel pour vampire. Comme les Faoladh résidaient à Québec et que les vampires occupaient le territoire de la métropole, je n'en avais jamais côtoyé. J'ignorais quels étaient les pouvoirs et les limites d'une marionnette.

La dame porta la main derrière elle et ressortit un fusil. À la longueur du canon, il devait avoir un silencieux. Visiblement peu inquiet, Belmore tendit la main pour le lui enlever. La marionnette appuya sur la détente et le coup partit. Karl me percuta et émit un grognement étouffé. Je tombai à la renverse et mon coccyx heurta la dalle de béton.

Belmore désarma la femme et Karl bondit vers elle. D'un geste fluide, il lui saisit la tête à deux mains et appliqua une torsion. Un craquement sec retentit. Le corps de la marionnette s'écroula, comme si ses fils avaient été rompus. Mon estomac se souleva et je me tournai vers la plate-bande juste à temps.

Ma vision se brouilla sous les spasmes et mon front se couvrit de sueur. Je restai à quatre pattes le temps de reprendre mon souffle. Je comprenais que certaines situations se résumaient à tuer ou être tué, mais la rapidité et la finalité du geste m'avaient quand même pris par surprise. Lorsque je me relevai, Belmore tenait un mouchoir. Karl le prit et me le tendit. Je m'essuyai le visage puis la bouche. Karl mit une main sur mon épaule et m'étudia.

— Je suis désolé, dit-il.

J'étais presque sûre qu'il parlait du fait que j'aie été témoin d'un meurtre, et non du meurtre en lui-même. Mon regard passa de son expression inquiète à la maison. La porte était fermée. Rien ne témoignait du drame qui venait de se passer.

Une tache rouge sur le côté du t-shirt de Karl attira mon attention. Je tirai sur le bas du tissu. Ça ressemblait à du sang frais. Je relevai les yeux vers lui, alarmée. Il haussa les épaules en réponse.

— C'est juste une égratignure.

Mon cœur se mit à battre douloureusement fort. Il ne m'arrêta pas lorsque je soulevai le bas de son t-shirt. Il avait une longue trace rouge sur la hanche. La peau était déjà en train de cicatriser. Il était passé à peu de choses près d'être gravement blessé. Mon souffle se coinça dans ma poitrine. La balle m'aurait atteinte sans son intervention. Mes yeux trouvèrent les siens. Son regard sérieux confirma mon impression. J'avalai péniblement.

— Merci.

Il acquiesça et pointa la rue.

— Allons-y avant que d'autres marionnettes se pointent.

Karl me plaça entre lui et le démon. Une sensation de picotement me traversa, probablement liée au camouflage magique. Devant la maison, Belmore coupa à travers la pelouse pour aller sur le côté. Il y avait quelques mètres entre le mur et une énorme haie de cèdres. Impossible qu'un voisin nous aperçoive.

Belmore s'arrêta entre deux fenêtres. Il haussa un sourcil en guise de question. Karl colla son oreille au mur et écouta un moment. Puis il recula et lui fit signe de procéder.

Une énorme masse se matérialisa dans les mains du démon. Il la fit basculer de côté et la souleva au-dessus de sa tête. Lorsque je compris son intention, je m'éloignai d'un pas. La tête de la masse percuta le mur de pierre avec un coup de tonnerre.

L'onde de choc se réverbéra jusque dans mes pieds. Des gravats jaillirent dans tous les sens. Impossible que les occupants de la maison n'aient rien entendu. J'envoyai un regard paniqué à Karl.

— Je croyais que c'était une mission furtive.

Il montra les dents, une étincelle de satisfaction dans son regard.

— Plus maintenant.

Une vague de froid émanait de lui. Son torse commença à prendre de l'expansion et du pelage dru se forma sur sa nuque. Son front se fendit et les bois sortirent dans un grincement sonore. Je reportai mon attention sur Belmore, qui en était à son troisième coup de masse. Il y avait dorénavant un trou aussi grand qu'une porte.

La panique me fit dire la première chose qui me passa par la tête.

— On aurait dû prendre la porte avant.

— Elle était piégée, répondit Belmore.

La masse disparue de ses mains. Il se tourna vers le Windigo qui avait terminé sa transformation. Mon regard alterna entre les deux créatures.

— Vous êtes arrivés à destination. Vous avez accès au nid. Ma part du marché est complétée.

Le démon se transforma en fumée et l'énorme cheval noir prit sa place. Il avait tout juste assez d'espace entre les débris de pierre et la haie. Il pivota sur son arrière-train et partit au galop vers le fleuve. Ses sabots claquèrent contre les roches de la berge. Il bondit et disparut sous la surface de l'eau.

Je me tournai vers le trou pour voir Karl y entrer. Si je survivais, c'était officiellement ma dernière mission de sauvetage.

Chapitre 12

Je grimpai sur les gravats et enjambai ce qu'il restait du mur. Le Windigo se tourna vers moi. Je réprimai un mouvement de recul uniquement grâce à une vie passée avec des prédateurs. Il était terrifiant dans toute sa splendeur. Sa voix gutturale me fit frissonner.

– Marc est à l'étage.

Sur ce, il chargea les deux hommes qui sortaient de la cuisine. Je me bouchai les oreilles pour éviter d'être assourdie par son rugissement. Ça devait être agréable d'être le monstre le plus terrifiant du lot.

Après avoir confirmé qu'il n'y avait personne d'autre, je longeai le mur d'un pas léger et gravis les escaliers. Sur le palier, je m'arrêtai pour écouter. Les bruits de lutte au rez-de-chaussée avaient déjà cessé. Je passai devant la première pièce.

C'était une petite salle d'eau plongée dans la pénombre par un épais rideau à la fenêtre. J'allais continuer mon chemin lorsque la porte du bout s'ouvrit. Je me précipitai dans la salle d'eau et me glissai derrière la porte sans la faire bouger. Dans une maison aussi récente, je doutais que les gonds grincent, mais hors de question de prendre le risque.

Les bruits de pas s'approchèrent. Je collai ma tête au mur pour voir par la fente entre la porte et le cadre. C'était un homme de haute stature avec une épaisse chevelure complètement blanche. Il était entièrement vêtu de cuir avec de lourdes bottes. Il passa devant moi et ses pas résonnèrent dans l'escalier. Ainsi tourné, il faisait face à ma cachette. Je me figeai, terrifiée qu'il remarque ma présence. Il s'arrêta après quelques marches.

– L'avorton du Windigo nous fait grâce de sa présence, dit-il.

Un frisson me remonta la colonne au son de sa voix grave et puissante. J'entendis Karl grogner au niveau inférieur. L'homme retroussa les lèvres en une grimace dégoûtée.

S'il était mobile à cette heure, c'est qu'il n'était pas de la famille des morts-vivants. Je tentai de me rappeler quel surnaturel pouvait bien avoir cette apparence, mais ma mémoire refusait de coopérer. Il descendit quelques marches de plus, visiblement peu inquiet à l'idée d'enrager le Windigo. Je ne voyais plus que le haut de son visage.

– Jörmun, répondit le Windigo. La Grande bête. J'ai entendu parler de toi.

Ma bouche se remplit du goût acide de la bile. J'étais à quelques mètres d'un dragon. La créature la plus crainte du monde surnaturel. Je n'aurais jamais dû laisser Karl m'entraîner dans cette mission de sauvetage. Jörmun lui répondit d'un sourire carnassier.

– Bien. Je n'aurai pas à faire ton éducation avant de te tuer.

Karl grogna en guise d'avertissement. Je pouvais l'imaginer avec les babines retroussées et la tête penchée, prêt à charger.

– Ils parlent tous de toi comme si tu étais le prédateur ultime, poursuivit Jörmun.

Je plaquai mes mains contre ma bouche pour ne pas céder à la panique et rester silencieuse. Le Windigo souffla d'impatience.

– Les surnaturels disent beaucoup de choses. Je me ferai un plaisir de te donner une leçon d'humilité, Jörmun.

Le dragon continua d'avancer et disparut de mon champ de vision. Sa voix était si puissante que ses paroles suivantes me parvinrent sans problème.

– Penses-tu vraiment pouvoir usurper le Roi-Mage?

Jörmun semblait réellement intéressé par la réponse. J'étais plutôt curieuse de savoir où il avait pris cette idée. Karl s'était tenu loin de la scène politique toutes ces années et les Faoladh semblaient convaincus qu'il les appuierait dans leur quête d'indépendance face au Roi-Mage.

– Je ne veux pas de la couronne, confirma Karl.

– Non? Ton père y songeait. C'est aussi bien qu'il soit mort.

Le Windigo rugit.

Mon souffle se condensa devant moi avant que la luminosité ne soit réduite à presque rien. Je secouai les épaules pour me défaire de la paralysie qui semblait accompagner l'influence du Windigo. La distance devait jouer en ma faveur.

– Quel tempérament. Au final, vous n'êtes que des animaux enragés. Tout ce que tu mérites, c'est d'être abattu. Comme un chien galeux.

Karl dut le charger, car les murs vibrèrent sous l'impact. Le rez-de-chaussée se transforma en zone de guerre. Avec tout ce bruit, ils seraient sûrement trop occupés pour me voir passer. Je tentai ma chance et contournai la porte. Un craquement de bois me fit sursauter, suivi par du verre fracassé. On aurait dit qu'un vaisselier entier avait été renversé. Comme je ne les voyais pas, je courus jusqu'au fond du corridor. Je poussai la porte de la pièce que le dragon avait quittée.

Au milieu, Marc était attaché sur une chaise de bois. Une longue table laboratoire occupait le mur avec plusieurs outils. L'évier dans le coin était éclaboussé de rouge et je ne m'attardai pas sur le sujet. La pièce semblait autrement inoccupée, jusqu'à ce que je remarque deux corps allongés au sol. C'étaient visiblement des hommes, vêtus de pantalons cargo noirs, gilets gris et ceintures tactiques. Les étuis et les holsters étaient vides.

De ce que je savais des vampires, c'étaient probablement des gardes de jour. La présence de sang et l'étrange disposition de leurs membres me faisaient douter qu'ils soient encore vivants. Je me tournai vers l'escalier, d'où me parvenaient encore des bruits de lutte. Il y avait fort à parier que les vampires n'avaient pas invité le dragon. Félicitée serait assurément contrariée à son réveil. Mieux valait faire vite.

À mon entrée, Marc avait relevé la tête. Ses lèvres étaient gercées et son visage était contusionné. Mais il avait encore tous ses morceaux. Je relâchai mon souffle. Il serait en mesure de repartir d'ici par ses propres moyens. L'idée qu'il n'en soit pas capable ne m'avait même pas effleuré l'esprit jusqu'à maintenant. Sa voix était tellement éraillée que je l'entendis à peine.

– Non, Ellie. Va-t'en.

– Dès que tu seras détaché.

Je n'avais pas fait tout ce chemin pour repartir seule. Je tournai sur moi-même pour évaluer mes options. Il me fallait un objet tranchant, mais silencieux. J'attrapai une paire de pinces coupantes au mur. Une fois derrière Marc, j'étudiai ses liens pour trouver la façon la plus rapide de le libérer. Je n'y connaissais rien en nœuds et en brêlage. À mon œil, ce n'était qu'un fouillis de cordes enchevêtrées.

– Coupe n'importe où, dit-il.

Je coupai le morceau du dessus et le dégageai. Comme je ne voulais pas le blesser par accident, je dus faire plusieurs entailles avant que les liens ne se relâchent suffisamment pour sortir ses mains. Une fois libérés, ses bras retombèrent mollement de chaque côté de son corps. Je me tournai vers la porte.

Comment allais-je descendre les escaliers et passer le trou dans le mur avec Marc dans cet état? Un rugissement assourdissant répondit à mon questionnement. Les escaliers n'étaient pas une bonne option.

Je me tournai vers la fenêtre. Les pinces toujours en main, je jetai un coup d'œil sur le mécanisme de fermeture. C'était mon jour de chance, car c'était une banale fenêtre résidentielle. Nous étions dans la mansarde juste au-dessus de la tourelle. J'ouvris la fenêtre le plus possible et dégageai la moustiquaire. Marc avait réussi à se lever et se tenait derrière moi.

– Prêt à faire un Houdini[8] de toi-même?

Marc commença à ricaner puis se mit à tousser de façon incontrôlable. À la façon dont il se tenait les côtes, son visage n'était pas le seul endroit à avoir reçu des coups. Mes yeux se remplirent de larmes. Il était dans cet état par ma faute. Comme s'il avait lu mes pensées, Marc tapota mon épaule et secoua la tête.

– Ne t'en fais pas. Quelques jours de repos et rien n'y paraîtra.

Je lui offris un sourire forcé et essuyai mes larmes avec le bas de mon pull. Connaissant son état de santé, je doutais qu'il s'en remette si rapidement.

Des bruits de verre cassé me rappelèrent l'urgence de la situation. J'enjambai le cadre de la fenêtre et penchai la tête. Une fois sur le toit, je tendis la main à Marc pour l'aider à traverser. Je pouvais sentir ses muscles trembler sous l'effort. Une fois traversé, il s'appuya contre le mur pour reprendre son souffle.

Je le laissai là et m'avançai sur le toit sans m'inquiéter de faire du bruit. Vu le chaos qui faisait rage dans la maison, personne ne serait en mesure de nous entendre. Le sol me semblait beaucoup trop loin pour sauter, même si nous n'étions qu'au deuxième étage. Le sang quitta mon visage, me laissant des sueurs froides derrière. Impossible de reculer. Je levai les yeux vers le ciel pour juger de la progression du soleil.

---

[8] Célèbre illusionniste américain d'origine hongroise

– Quelques minutes encore, dit Marc d'une voix enrouée.

Je m'accroupis et descendis jusqu'au bord du toit de la tourelle. Je me tournai sur le ventre et je me laissai glisser jusqu'à ce que mes pieds touchent le garde-corps du balcon. Je pris pied et tentai d'aider Marc alors qu'il se laissait descendre maladroitement.

Ses mains perdirent leur prise au dernier moment et il percuta la rampe. Je le rattrapai juste avant qu'il ne bascule dans le cèdre du parterre. Il se laissa glisser au sol et appuya son front contre le mur de pierre. Son souffle était court et inégal. Je m'agenouillai à ses côtés et essayai de juger des environs.

Mis à part quelques entrées et sorties discrètes de la maison à l'adolescence, je n'avais jamais eu besoin d'être furtive. Les loups-garous avaient des sens tellement fins que l'honnêteté m'avait semblé plus facile. Je n'avais aucune idée de la meilleure route à suivre. Ou de la façon de semer des poursuivants. J'étais terrifiée à l'idée que les vampires nous mettent la main dessus dès le soleil couché.

La seule chose que je savais, c'est que je n'attendrais pas que Karl ait fini de se battre avec Jörmun. S'il avait envie de se mesurer à la créature européenne la plus effrayante, c'était son problème. Ça lui apprendrait à amener des renforts plus fiables qu'une étudiante en anthropologie.

Ma gorge me brûla à ces pensées peu charitables. Si j'avais été devant le meurtrier de mes parents, j'aurais peut-être disjoncté aussi. À condition d'être un monstre encore plus effrayant que mon opposant. Je secouai la tête, nos situations étaient tellement différentes que je pouvais difficilement me mettre à sa place.

La main de Marc sur mon épaule me ramena au présent. Je me passai le bras sur le visage pour essuyer la sueur. Combiné avec mes doigts glacés, j'étais probablement près de l'état de choc. Il tendit les doigts vers mon front et y traça un glyphe. Je restai immobile, les yeux écarquillés. Il murmura quelques mots et répéta le geste sur lui.

– Allons-y. Personne ne fera attention à nous.

Le souvenir de ces mêmes mots, prononcés dans une forêt sombre, m'empêcha de répondre. Marc s'en aperçut, car il m'offrit un sourire dérisoire.

– Comme dans le bon vieux temps, murmura-t-il.

Je secouai la tête. Il n'y avait rien de bon dans ce souvenir, et à l'instant, ça me semblait tout sauf vieux. Ma poitrine était douloureusement comprimée et chaque inspiration était un combat.

Il poussa pour se lever et je mis mon épaule sous son bras. Nous devions mettre le plus de distance possible entre nous et le repère des vampires. Je me dirigeai vers l'entrée principale et aidai Marc à descendre les marches. La maison était maintenant complètement silencieuse. Je refusais de spéculer sur l'issue du combat et continuai mon chemin.

Un mouvement attira mon regard sur le côté de la maison. L'eau s'agita et une longue tête reptilienne en sortit. Elle tourna de gauche et de droite avant de se transformer en chatoiement. Un homme se matérialisa à sa place. Je me figeai, terrorisée qu'il nous ait vus.

Il s'ébroua et avança vers le côté de la maison, là où Belmore avait percé le mur. Il s'arrêta devant le trou et le considéra, les mains sur les hanches. De l'eau dégoulinait à ses pieds et le vent m'apporta une odeur d'algues. Marc resserra sa main sur mon épaule et mit un doigt sur ses lèvres. J'acquiesçai. Son tour de magie devait être efficace.

Mon regard retourna vers le nouveau venu. C'était probablement un des monstres marins, mais j'ignorais lequel. Ces créatures étaient de nature solitaire et je ne les avais jamais rencontrées.

Lorsqu'il enjamba les gravats sans nous avoir remarqués, je hâtai le pas vers la rue. Un monstre marin ne donnerait sûrement pas trop de fil à retordre au Windigo. Si le dragon ne l'avait pas terrassé. Je frissonnai à cette idée. Malgré mes bonnes résolutions, je ne pouvais pas m'empêcher d'être inquiète pour Karl. J'avais l'impression de trahir sa confiance en me sauvant ainsi.

Je me dirigeai vers une intersection, l'estomac noué. Malgré les précautions de Marc, la proximité des vampires, du monstre marin et du dragon me faisait craindre le pire.

Les vampires allaient avoir une bien mauvaise surprise à leur réveil. Je ne tenais pas à assister à la scène. Leur réputation n'était plus à faire et Félicitée chercherait un coupable à punir. Avec un peu de chance, Karl aurait eu le temps de se sortir de là. J'avalai péniblement ma salive. Après quelques rues, je pris mon téléphone et le rallumai. Marc me regarda passer un coup de téléphone pour un taxi sans dire un mot.

Une dizaine de minutes plus tard, nous étions en route vers le terminus d'autocars. Le paysage défilait sous mes yeux, mais j'étais incapable de me concentrer sur les détails. Au moment de payer, Marc attrapa la main du chauffeur. Il y traça un autre glyphe et prononça un mot qui m'était inconnu. Le chauffeur acquiesça, les yeux dans le vague, et se retourna vers l'avant. Un pincement de culpabilité me fit hésiter, mais nous n'avions pas d'autres options. Marc me poussa vers la porte et je sortis rapidement.

Sur le trottoir, il chancela et je mis une main sous son coude. Son teint avait pris une couleur verdâtre. J'étais surprise qu'il ait réussi à faire deux sorts de suite. J'ignorais comment nous allions payer pour des billets vers Québec. Il dut sentir mon hésitation, car il tapota son front et me fit signe d'avancer.

J'inspirai et décidai de lui faire confiance. Une fois de plus. Je m'arrêtai près du comptoir et regardai le tableau des prochains départs. Il y en avait plusieurs de prévus en raison du long week-end. Vu l'heure, seulement la moitié des guichets étaient occupés par un commis. Une dizaine de personnes faisaient la file entre les cordons et attendaient pour acheter leur billet.

Un des autocars devait partir dans quelques minutes. Le commis tendit son billet au voyageur en lui confirmant qu'il restait suffisamment de place à bord. Marc me fit signe et je contournai la file d'attente. Je me faufilai derrière le voyageur et le suivis jusqu'au quai d'embarquement, Marc à ma suite.

Un passager arriva en courant et manqua nous bousculer. Je sautai un pas derrière juste à temps pour éviter sa valise. Le chauffeur lui servit un regard sévère avant de la mettre en soute. Une fois certaine que nous étions les derniers à embarquer, je laissai passer Marc devant moi et montai les marches après lui.

Il releva les bras pour ne pas accrocher les passagers déjà assis. Une femme avait la tête penchée au-dessus de l'allée et quelques contorsions furent nécessaires pour atteindre l'arrière. Je lâchai un soupir silencieux une fois assise. Nous allions peut-être survivre à cette journée.

Chapitre 13

Marc ferma les yeux et appuya sa tête contre le siège. L'autobus se mit en mouvement avec un vrombissement et quitta le terminus. J'écoutai la respiration de Marc un moment, incapable de me détendre. Son souffle me semblait un peu trop court. Ça ne pouvait pas être bon signe. Il plaça sa main sur l'accoudoir, paume vers le haut.

Je la pris et serrai. L'étau qui enserrait ma poitrine se relâcha. Marc était sain et sauf. Il aurait le temps de se remettre de sa mésaventure. Et les Faoladh devraient gérer les répercussions. J'avalai ma salive péniblement et repoussai ces pensées pour plus tard. Les lèvres de Marc s'étirèrent en un sourire.

— Te rappelles-tu? Nous avons passé des heures à nous tenir la main comme ça.

Je secouai la tête avec tristesse.

— J'ai si peu de souvenirs de ces événements. Que s'est-il passé, exactement?

Marc ouvrit les yeux et tourna la tête vers moi. Il leva un sourcil avec une grimace peinée.

— Qu'est-ce que tu veux que je te raconte? La façon dont j'ai découvert tes parents?

Je pinçai les lèvres et détournai le regard. Je savais pertinemment quel genre de dégâts une meute de loups-garous bestiaux pouvait faire. Je n'avais aucune envie de l'obliger à décrire ce genre d'horreurs. Marc dut prendre mon silence pour un refus et il changea de sujet.

— Es-tu venue seule? Tu aurais dû demander de l'aide aux Faoladh. C'était du suicide d'entrer par effraction chez les vampires.

Son ton réprobateur me mit automatiquement sur la défensive.

– Je n'étais pas seule. N'as-tu pas entendu Jörmun parler au Windigo?

Il inspira subitement, les yeux légèrement écarquillés.

– Je croyais que j'avais imaginé cette partie.

Il couvrit son visage de ses mains. Ses épaules furent secouées de spasmes et mon cœur se serra. Je mis une main sur son avant-bras et jetai un regard circulaire pour être sûr que nous étions toujours dissimulés aux regards indiscrets. Je cherchai les mots pour le réconforter, mais j'étais encore moi-même sous le choc que le plan de Karl ait fonctionné. Je lui dis les premières choses qui me vinrent à l'esprit.

– Ça va aller. Tout va bien.

Il secoua la tête, l'air complètement défait.

– Comment t'a-t-il trouvée?

Supposant qu'il parlait du Windigo, je haussai les épaules. Je n'avais pas très envie de m'attarder sur les événements des derniers jours.

– Il dit que la marque s'est manifestée récemment. Il fréquente le même pavillon que moi sur le campus universitaire.

Marc fixa la fenêtre quelques minutes. Il avait l'air un peu désorienté. Peut-être qu'il souffrait d'une commotion cérébrale. Ses ravisseurs ne l'avaient pas ménagé.

– Un des loups-garous est-il venu te voir sur le campus? demanda-t-il.

– Bastien est venu me voir jeudi dernier. La journée avant que Karl m'accoste dans le stationnement.

Il se passa une main sur la joue à l'endroit où une ecchymose prenait de l'expansion. J'avais mal pour lui, mais je ne pouvais rien faire pour le soulager. Il hocha la tête d'un air songeur.

– Ça doit être ça. Il a vu Bastien et ça a attiré son attention sur toi.

– Je ne comprends pas. Quel rapport avec la marque?

Il me regarda avec intensité. Je me redressai dans mon siège, mal à l'aise.

– Tu veux savoir ce qui s'est passé au lac Carheil? J'ai lancé des dizaines de fois le même sort. Un sort pour nous masquer à la vue des prédateurs. Les loups n'étaient pas les seuls monstres dans cette forêt. Le charme devait être suffisamment général pour nous protéger de tout ce qui nous voulait du mal.

Un frisson me remonta le dos aux souvenirs de ces journées passées à attendre dans la peur. Il passa sa main au-dessus de la mienne et un glyphe bleuté apparu sur ma peau. Je clignai des yeux, surprise. Le dessin était complexe et rappelait un nœud celtique. Je tournai mon bras pour mieux l'observer.

Je me serais attendue à sentir quelque chose, mais non, rien. Je passai les doigts dessus, fascinée. La peau à cet endroit avait la même texture que le reste, la même température. Marc pointa mon bras.

– J'ai répété l'incantation si souvent, qu'elle s'est fusionnée à toi. Tu étais si jeune.

Sa voix était chargée de regrets. J'attrapai sa main et la serrai, avec un sourire de réconfort. Il s'éclaircit la gorge et reprit.

– Tu n'as jamais eu de magie propre, mais certaines personnes non magiques sont d'excellents réceptacles. C'est ton cas.

Tandis qu'il parlait, la lueur s'était estompée et la marque n'était plus visible. Il soupira d'un air résigné.

– Le Windigo est le prédateur ultime. Il n'aurait jamais dû réussir à te trouver.

La lumière se fit et je compris le lien entre sa question précédente et le glyphe.

– Mais Bastien était là, ce jour-là. Et Karl aussi. La présence d'un prédateur à mes côtés a attiré son attention sur moi.

Marc acquiesça, la mine sombre. Son visage s'éclaira d'un bref sourire.

– Plus jeune, tu as fait damner Christian plus d'une fois. Ses Sentinelles passaient leur temps à te perdre de vue. La plupart d'entre eux ont fini par apprendre à contourner les effets du sort en ayant des pensées non violentes.

Je me rappelais que Bridget m'avait interdit de jouer à cache-cache. À l'époque, je n'avais pas compris. Plus tard, j'avais supposé qu'elle avait eu peur que ça déclenche des souvenirs traumatisants.

– Si le charme s'est imprégné en moi, a-t-il eu le même effet sur toi?

Il secoua la tête, les lèvres pincées.

– J'aurais bien voulu. Ça m'aurait évité une visite chez Félicitée.

Plusieurs contusions avaient noirci depuis notre fuite et son visage était méconnaissable. Les larmes me montèrent aux yeux devant l'étendue des dégâts. La colère suivit rapidement derrière et je clignai des yeux.

– Pourquoi t'avoir tabassé? Les vampires devaient se douter que je n'arriverais pas tout de suite. Félicitée aurait dû me passer un coup de téléphone plutôt que de laisser une note.

Il serra ma main avec un sourire peiné.

– Les immortels ont une conception du temps bien différente de la nôtre. Ce ne sont pas les vampires qui m'ont malmené. C'est Jörmun.

– Pourquoi?

Il eut un petit rire sans joie.

— Ne sois pas si indignée, Ellie. Ce ne sont que quelques bleus. Ils guériront en temps.

J'inspirai à quelques reprises et il poursuivit.

— Le dragon cherchait Karl, mais il était un peu plus insistant que Félicitée. Si j'ai bien compris, Jörmun a su qu'elle était sur la trace du Windigo. Il leur a forcé la main pour m'interroger.

Tout ce branle-bas de combat pour le Windigo. Incroyable.

— Karl est-il puissant à ce point?

Marc acquiesça, son visage solennel. Il grimaça en changeant de position.

— Je le crois. Le dragon est une bête féroce, mais il est lié au trône du Roi-Mage par un enchantement très ancien. Le Windigo est son propre maître. Et un adversaire redoutable. Pour les Clans, ce serait l'équivalent de la dissuasion nucléaire pendant la Guerre froide.

Marc ferma les yeux, la tête détournée. Je le laissai se reposer. Toutes ces informations bouillonnaient dans mon esprit et il m'était difficile d'ordonner mes pensées. La personne de l'autre côté de l'allée avait déposé une bouteille d'eau neuve au sol.

Après un coup d'œil, je me penchai et la ramassai. Je posai une main sur le bras de Marc. Lorsqu'il ouvrit les yeux, je la lui offris. Il l'accepta avec un sourire de gratitude et prit plusieurs petites gorgées. Mes pensées revinrent sur une des choses qu'il avait mentionnées. Les événements de mon enfance étaient comme un abcès douloureux. Je n'aurais de cesse d'y revenir tant qu'il ne serait pas crevé.

— Tu as dit qu'il y avait d'autres monstres que les loups-garous bestiaux dans la forêt.

Il referma le bouchon de la bouteille et me la tendit. Je secouai la tête en réponse. Il en avait plus besoin que moi.

– Il est rare que des loups-garous enragés parviennent à garder un esprit de meute. Demande à Christian. Il te dira qu'il est déjà difficile de gérer des loups-garous lorsqu'ils ont toute leur tête.

Je lui rendis son sourire. Le chef de la meute s'était effectivement plaint de la chose à quelques reprises au fil des années.

– Chez les surnaturels celtes, il existe une sorte d'enchanteresses qu'on appelle les Filles de Bleiddwn. Leur ancêtre commun est un homme-loup, ce qui leur donne l'ascendant sur les loups-garous. Elles sont généralement maléfiques et aussi dégénérées que les loups qu'elles ensorcellent. Les Faoladh ont l'habitude de les abattre sans sommation, vu le danger qu'elles représentent pour la meute.

– Je ne savais pas.

J'avais vécu quinze ans avec eux et je n'en avais jamais entendu parler. Il agita une main entre nous.

– Ce n'est pas le genre de chose dont on parle à l'heure du souper. Surtout que c'est un point de contention entre les Européens et les Nord-Américains. Il reste peu de loups-garous héréditaires dans les vieux pays, contrairement à ici. Il n'y a donc pas de prédateurs pour surveiller les loups-garous maudits. Au fil des siècles, les Rois-Mages ont fait appel à plusieurs reprises à des Filles de Bleiddwn pour contrôler ou abattre des loups-garous maudits devenus sauvages.

Je grimaçai. Connaissant Christian et son habitude de régler lui-même ses problèmes, il ne devait pas approuver cette méthode. Marc haussa les épaules.

– Elles sont considérées comme un mal nécessaire.

Je réfléchis quelques instants. Si une de ces enchanteresses était impliquée lors du massacre du lac Carheil, la présence des loups bestiaux à cet endroit, à ce moment précis, n'était sûrement pas fortuite.

Karl avait confirmé que son père était aussi dans la même région. Les deux étaient assurément liés. J'aurais bien voulu que Karl soit à mes côtés en ce moment. Il aurait sûrement réussi à tirer des conclusions qui m'échappaient. Je repensai à sa confrontation avec Jörmun. J'espérais vraiment qu'il s'en était sorti indemne. Une idée se forma.

– Jörmun aurait-il pu envoyer la Fille de Bleiddwn tuer le Windigo? S'il avait tué le précédent Roi-Mage, le dragon aurait sûrement voulu se venger.

Marc fronça les sourcils.

– Je ne sais pas. C'est possible. Je me suis toujours tenu loin de la Cour et de toutes ces histoires.

Je soupirai. Il m'apparaissait fort probable que ma famille ait fait partie des dommages collatéraux dans une intrigue politique obscure. Je n'éclaircirais pas ce mystère ce soir. Il me manquait trop d'informations. Marc avait fermé les yeux et semblait se reposer. Je fis de mon mieux pour l'imiter.

Lorsque j'ouvris les yeux un peu plus tard, les lumières des énormes concessionnaires automobiles de Cap-Santé illuminaient le ciel. Mon cou et mes épaules étaient raides d'avoir conservé la même position trop longtemps. Je me frottai le visage et tentai de m'étirer dans l'espace restreint. Un coup d'œil à mon smartphone m'apprit qu'il était déjà 23 h. Marc se redressa à mes côtés.

– Il vaudrait mieux faire profil bas d'ici à demain.

J'acquiesçai. La même réflexion m'avait traversé l'esprit tandis que le sommeil m'échappait.

– Greg est occupé à surveiller le quartier de la meute. Sa maison est donc inoccupée. Je sais où il garde une clé.

Son froncement de sourcil se termina en grimace. Il porta une main à son visage, mais se ravisa avant de toucher la peau.

– Si tu crois que c'est une bonne idée.

Je haussai les épaules.

– C'est la seule qui ne mette personne d'autre en danger. Ma voiture est restée sur le campus. Je pourrais la récupérer et aller voir Christian à la table des discussions demain matin à la première heure. C'est environ trente minutes de marche du terminus d'autobus à la cité universitaire.

Je considérai l'état de Marc et me ravisai. Il ne serait pas en état de marcher cette distance.

– Ou dix minutes de Métrobus. J'ai ma carte sur mon smartphone.

Il acquiesça.

– Je devrais être capable de passer inaperçu si j'embarque en même temps que toi.

J'inspirai pour calmer les papillons dans mon ventre et commençai à compter les kilomètres restants avant d'arriver.

Chapitre 14

Il était près de minuit à notre arrivée au terminus d'autobus. Un Métrobus passa une dizaine de minutes plus tard et nous étions en route vers la cité universitaire. Je débarquai avec un coup d'œil circulaire.

À cette heure, le campus était désert. Il y avait bien du mouvement du côté du pub universitaire, mais la plupart des partisans étaient rentrés chez eux. Au loin, les lumières du stade éclaboussaient les nuages d'un halo blanc.

Autour de nous, les îlots de forêts étaient plongés dans l'obscurité. Je frissonnai à l'idée de ce qui pouvait s'y cacher. Heureusement, ma voiture était stationnée dans la zone adjacente à l'abribus près d'une série de lampadaires. Le guetteur posté en face attira immédiatement mon attention.

Je fis signe à Marc de rester près du pilier de l'auvent. Il grimaça et se cala contre la structure pour éviter d'être repéré. J'approchai de la haie qui séparait la piste cyclable du stationnement. L'odeur des fleurs me chatouilla le nez tandis que j'écartais une branche pour mieux voir.

Les bras croisés, il était appuyé sur un tronc d'arbre devant ma Golf. La lumière du lampadaire voisin me permettait de bien le voir, mais si j'étais arrivée de la direction du stade, je l'aurais aperçu trop tard. Je jugeai sa taille à au moins deux mètres de haut. Et il devait peser plus de cent kilos.

Les manches de sa chemise étaient roulées jusqu'aux coudes. Ses biceps étaient tout simplement énormes. Il aurait fait pâlir d'envie les joueurs sur le terrain cet après-midi. Avec ses cheveux noirs et une courte barbe fournie de la même couleur, il avait l'air tout sauf inoffensif. Son regard se promenait de façon circulaire sur le stationnement. Il m'attendait de pied ferme.

Un frisson me remonta la colonne. Un affrontement direct ne serait pas à mon avantage. Je revins vers Marc et lui décrivis notre problème. Il plissa les yeux et se frotta la nuque.

– Ce doit être un des sasquatchs descendus de la Baie-James pour la table des discussions. Ils sont extrêmement rapides et silencieux. Il n'aurait aucune difficulté à te rattraper si tu décidais de te sauver en courant.

Un grognement de frustration m'échappa. Hors de question de faire demi-tour. Je ne partirais pas sans ma voiture. Je considérai un moment l'idée de simplement marcher jusqu'à lui et lui dire d'aller se faire voir. Aussi tentante que soit cette idée, ce scénario finirait invariablement mal pour moi.

Au mieux, il m'amènerait voir Christian. Ce qui n'avait aucun attrait dans mon état d'esprit actuel. Au pire, on ne retrouverait jamais mon corps. Et je n'avais pas envie de disparaître sans laisser de traces. Il devait bien y avoir une autre possibilité. Je pivotai sur moi-même, à la recherche d'une diversion pour l'éloigner de ma Golf. À ce moment, une voiture du Service de sécurité et prévention de l'Université Laval passa sur l'avenue du Séminaire. Une idée me traversa l'esprit et je souris à Marc.

– *Showtime*.

Il fronça les sourcils, les traits tirés de fatigue. Ses mains s'étaient mises à trembler et son teint avait pâli. Je devais en finir avec cette histoire et trouver un endroit pour qu'il se repose. Je m'approchai de la bordure du trottoir et fis un signe de la main au patrouilleur. La voiture ralentit et s'arrêta à ma hauteur. L'agent baissa la vitre.

– Bonjour, madame, est-ce que je peux vous aider?

Je m'approchai de la voiture en me tordant les mains. L'inquiétude n'était pas si difficile à feindre après la journée que je venais de passer. Je pris un air contrit.

– Je suis désolée de vous déranger. Mais il y a un homme qui me suit depuis la partie de football. Je suis allée prendre un verre au pub universitaire en croyant qu'il finirait par partir. Je viens de sortir et il m'attend devant ma voiture. J'ai vraiment peur.

L'agent ne fit ni une ni deux et appela une deuxième voiture. Il me fit asseoir à l'arrière le temps de prendre en note mes coordonnées. Marc resta silencieux à quelques mètres, probablement toujours protégé par son sortilège. Je fis attention à ne pas le regarder pour ne pas attirer l'attention sur lui, au risque de briser la magie.

L'agent me posa quelques questions supplémentaires concernant les événements de la soirée et s'assura que ma consommation d'alcool me permettait de prendre le volant.

– Vous savez que nous offrons le service de raccompagnement à la voiture. Si vous avez des cours de soir et que vous ne vous sentez pas en sécurité, appelez au numéro direct du SSP et un agent viendra vous escorter.

Je le remerciai vivement. Entre temps, une deuxième voiture de patrouille était arrivée à la hauteur de ma Golf. L'agent débarqua et se présenta au sasquatch. Je frottai mes mains sur mon pantalon, soudainement inquiète. J'espérais que je n'avais pas condamné le pauvre agent à se faire tabasser.

Après quelques échanges, le sasquatch partit d'un pas lourd, les sourcils froncés. Je soupirai de soulagement. Je m'en serais voulu si la situation avait dégénérée en affrontement. L'agent me déposa près de ma voiture et je le remerciai de son intervention. Je détournai son attention tandis que Marc embarquait du côté passager. Je pris enfin place derrière le volant et quittai le stationnement sous le regard attentif des agents.

Une partie de la tension dans mes épaules se relâcha. Le volant sous mes mains et la lumière du tableau de bord étaient familiers. L'impression de sécurité était probablement trompeuse, mais elle était la bienvenue quand même.

Je m'assurai de rester sur les artères principales et de respecter la limite de vitesse pour éviter d'attirer l'attention. Un coup d'œil dans le rétroviseur me montra un ciel couvert. Les nuages rendaient la nuit encore plus noire qu'à l'habitude.

– Crois-tu que ton sort pour me camoufler des prédateurs fonctionne en auto aussi?

Marc haussa les épaules.

– Ce n'est pas vraiment le genre de phénomène qui fait l'objet d'études poussées. La plupart des personnes comme toi ne sont pas au courant ou ne veulent pas l'ébruiter.

Je pris la bretelle de la sortie d'autoroute avec un soupir de soulagement. Nous y étions presque. J'étouffai un bâillement. À mes côtés, Marc s'était endormi, la tête appuyée contre sa poitrine. Les lampadaires s'espacèrent et la rue devant moi était plongée dans la noirceur. Je tentai d'ignorer le picotement entre mes omoplates, probablement dû au stress. J'agitai mes doigts sur le volant pour y rétablir la circulation.

Arrivée à la maison de Greg, je fis le tour et me stationnai à l'arrière pour nous dissimuler à la vue des passants. Alors que j'éteignais le moteur, je vis une voiture arriver juste derrière. Elle s'arrêta de façon à me couper toute retraite.

Un éclair d'adrénaline me traversa et mon souffle se coinça dans ma gorge. Je m'étais fait prendre comme la débutante que j'étais. Je donnai une claque sur le volant. Marc se réveilla en sursaut.

– Que se passe-t-il? Sommes-nous arrivés?

Mon regard rivé sur le rétroviseur pour deviner qui sortait de la voiture, je secouai la tête, incapable de verbaliser notre problème. C'était une Audi. Je ne connaissais personne qui conduisait cette marque. La silhouette était trop petite pour être celle du sasquatch. Le soulagement luttait contre l'inquiétude et je ne parvenais pas à reprendre le contrôle de ma respiration.

La colère finit par l'emporter. J'en avais assez d'avoir le rôle de la proie. Je sortis de la voiture, bien décidée à confronter ce nouveau venu. Je laissai la portière ouverte pour que la lumière de l'intérieur et les phares restent allumés.

Avec un peu de chance, ça bousillerait la vision nocturne de l'inconnu. Tout avantage était bon à prendre, aussi faible soit-il. J'entendis Marc ouvrir sa portière. L'autre homme s'éloigna de sa voiture et leva les deux mains à la hauteur de ses épaules. J'avalai péniblement ma salive. C'était un début prometteur.

Il était grand et mince. Son veston lui donnait des épaules carrées, mais sa taille était étroite. Il portait une paire de jeans ajustée avec des souliers de cuir. Dans la pénombre, ses cheveux semblaient pâles. Ils étaient courts sur les tempes et plus longs sur le dessus, coiffés sur le côté. Sa mâchoire était carrée et donnait un air gamin à son sourire en coin.

Il était l'idée qu'on se fait d'un mauvais garçon fortuné. Le genre qui nous paie un verre, mais qu'on n'ose pas ramener à la maison. Je plissai les yeux, méfiante.

– Qu'est-ce que vous voulez?

– Bonjour Ellie. Je m'appelle Alain. Karl t'a sûrement parlé de moi. Je suis un bon ami.

Mes pensées refusaient de s'ordonner et il me fallut un moment avant de me rappeler où j'avais entendu ce nom.

– Alain Gagnon? Son tuteur?

Il haussa les épaules et retroussa le nez avec un air amusé.

– Légalement parlant. Ça fait bien longtemps que j'ai perdu le contrôle de ce garçon, si tant est que je ne l'aie jamais eu.

Marc grogna son approbation à mes côtés. Je tentai d'imaginer le Windigo en crise d'adolescence. Effrayant. Je secouai la tête pour chasser ces images. La fatigue m'empêchait de réfléchir. Je ne pouvais pas me fier aveuglément à ses paroles.

– Si vous voulez m'utiliser pour influencer Karl, il va falloir faire la file. Et je ne garantis pas le résultat.

Il éclata de rire et baissa les mains.

– Je crois que je comprends ce qu'il te trouve.

Je fronçai les sourcils, loin de partager son amusement. Il reprit un air sérieux.

– Non, non. C'est moi qui suis le pantin de cette histoire. Karl m'a demandé de garder un œil sur toi en son absence. Il est... préoccupé par ta sécurité.

J'échangeai un regard avec Marc qui haussa les épaules, aussi embêté que moi. Alain croisa les bras et s'appuya contre sa voiture.

– C'était bien pensé, dans le stationnement. Je suis plutôt soulagé de ne pas avoir eu à me battre avec un sasquatch.

Mon agressivité fondit comme de la neige au soleil. Je me passai une main sur le visage. Ma première impulsion était de le renvoyer là d'où il venait. Mais les événements donnaient raison à Karl et ma sécurité ne tenait qu'à peu de choses.

La fatigue finit par avoir raison de ma résistance. Je lui fis signe de me suivre et gravis les marches. Marc m'emboîta le pas péniblement, sa démarche raide. Je levai une des lattes de la véranda et en sortis la clé cachée.

L'intérieur de la maison était déjà éclairé grâce à des lumières sur minuterie. Je me dirigeai vers la salle de bain au fond du corridor. J'avais besoin d'être seule quelques minutes. J'en profitai pour me passer le visage à l'eau froide et prendre quelques bonnes respirations. Je m'en voulais d'avoir abandonné Karl chez les vampires.

Mais je ne lui aurais été d'aucune aide dans un affrontement. C'était aussi bien que je sois partie pour me mettre en sécurité. Je lui avais épargné de se préoccuper de ma sécurité. Ce qu'il avait fait de toute façon en m'envoyant Alain. J'étais à la fois touchée et ennuyée par son geste. Mon cœur se serra douloureusement. Je devais me rappeler qu'il ne voyait en moi qu'un moyen de découvrir la vérité sur ses parents.

Je rejoignis les deux hommes au salon. Marc était étendu dans le divan, les yeux fermés. Il semblait endormi, ce qui était aussi bien vu son état. Pour sa part, Alain avait pris place dans le fauteuil près de la fenêtre et observait les alentours. Il avait l'air songeur, un pied croisé sur le genou opposé, une main devant sa bouche. Je m'assis dans le fauteuil en face. Son attention se porta sur moi et il m'étudia, la tête penchée sur le côté. Il ne me restait pas assez d'énergie pour protester ou pour être gênée. Le silence se poursuivit et mes pensées s'alignèrent enfin en quelque chose de cohérent. La curiosité me poussa à prendre la parole en premier.

– Quand as-tu parlé à Karl?

– Qu'as-tu à échanger contre cette information?

La question était posée sur un ton curieux, sans aucune animosité. Je fronçai les sourcils. C'était la première fois que j'avais affaire à un démon et je n'étais pas certaine de connaître les règles qui s'appliquaient. J'avais cependant une petite idée de ce qu'il voulait. Et je n'étais pas près de le lui offrir.

– Rien.

Il haussa les sourcils d'un air moqueur. Il agita un doigt en guise de remontrance.

– Ce n'est pas comme ça que ça marche.

Je croisai les bras, peu amusée.

– Je ne te vendrai pas mon âme ce soir.

Il se pencha vers moi avec un air conspirateur.

– Non, de toute façon, tu n'as pas de canot[9] et je ne suis pas d'humeur à faire voler ta voiture pour t'amener auprès de ton être cher.

J'ouvris de grands yeux. Maintenant qu'il le mentionnait, je me rappelais que Christian m'avait expliqué que c'étaient les démons d'air qui étaient responsables des légendes de chasse-galerie. Ces histoires remontaient à l'époque des camps de bûcherons, où des hommes passaient un pacte avec le diable pour que leur canot vole à toute allure par-dessus la forêt dans le but de retrouver leurs amoureuses. Des conditions étaient imposées aux hommes, comme l'abstinence d'alcool ou un délai maximal, et l'histoire se terminait souvent mal pour eux.

Alain se cala dans son fauteuil, un sourire moqueur aux lèvres.

– Même si Karl serait très content de te voir.

– Comment va-t-il?

Il agita une main de droite à gauche.

– Comme quelqu'un qui vient de se battre contre un dragon. Ils ont réussi à se mettre K.O. mutuellement. Memphré est arrivé à ce moment et il a décidé d'aider Karl.

C'était donc bien un des monstres marins que j'avais vu avant de partir. Mes épaules se relâchèrent avec la vague de soulagement qui me traversa. L'idée que Karl soit blessé, ou pire, m'avait tenaillée tout au long de la soirée. Je fronçai les sourcils en repensant à l'intervention du monstre marin.

– Qu'est-ce que Memphré avait à y gagner?

---

[9] Canoë canadien

Alain se leva et fit le tour du salon. Il écarta les rideaux à la fenêtre avant de se diriger vers la bibliothèque pour étudier les volumes qui s'y trouvaient. Je me méfiais de sa nonchalance, ça me semblait un peu trop étudié.

– Selon ce que m'a expliqué Karl, les monstres marins se considèrent comme des témoins silencieux. À mon avis, ce sont des voyeurs.

Il m'envoya un regard amusé. Je haussai les épaules, peu familière avec ces créatures. Il reprit.

– Memphré lui a expliqué que si Karl tuait le dragon, il serait automatiquement étiqueté comme un ennemi de la Cour du Roi-Mage. En le sortant de là avant le réveil des vampires, Memphré lui a permis de garder son impartialité. D'ici à ce que Karl prenne une « décision éclairée ».

Ses doigts mimèrent des guillemets. Comme j'ignorais de quel côté penchait son allégeance, son ton était difficile à interpréter. Il se tourna vers moi et répondit comme s'il avait lu dans mes pensées.

– Je n'ai pas grand intérêt pour les jeux de pouvoir. Par contre, j'ai beaucoup d'affections pour Karl. Je veillerai à ta sécurité ce soir.

Une demi-douzaine de questions supplémentaires me traversa l'esprit, mais la fatigue embrouillait mes réflexions. J'y allai donc avec la réponse la plus simple.

– Merci.

Je me levai avec l'idée de trouver un lit au deuxième étage, lorsque mon smartphone vibra dans ma poche. L'écran affichait un numéro de l'étranger. Je refusai l'appel avec un froncement de sourcils. J'allais fermer l'appareil lorsqu'il se mit à sonner de nouveau. J'échangeai un regard avec Alain et il me fit signe de répondre avec un haussement d'épaules.

– Oui?

– Ah, voilà la délicieuse Ellie dont tout le monde parle.

J'éloignai mon smartphone et lui jetai un regard horrifié. La voix ressemblait à celle de Jörmun, grave et gutturale. Je replaçai le téléphone à mon oreille.

– Qui est-ce?

– Je suis Visdom, le dragon Sagesse. Tu as rencontré mon frère, le dragon Terreur un peu plus tôt aujourd'hui.

Je clignai des yeux à plusieurs reprises. Alain s'approcha, les yeux ronds. Visiblement, il pouvait entendre mon interlocuteur. Il fit tourner sa main pour m'encourager à lui répondre.

– Rencontré est un bien grand mot. Je ne crois pas lui avoir laissé une forte impression.

À l'autre bout de la ligne, j'entendis un grondement amusé.

– Oui, il était occupé à essayer de tuer son petit-fils.

Karl. Le dragon. Je regardai Alain pour avoir une confirmation. Il écarta les mains en signe d'ignorance, les sourcils froncés. Comme je restais silencieuse, le dragon me relança.

– Vous ne saviez pas? Me permettez-vous de vous raconter une histoire?

La question me semblait rhétorique, mais j'acquiesçai tout de même.

– Il y a fort longtemps, le dragon Terreur rencontra le Zhar-ptitsa, l'Oiseau de feu. Leur passion fut instantanée et fit l'objet de plusieurs ballades. Ils étaient consumés par leur amour, deux créatures flamboyantes et capricieuses. Malheureusement, le dragon ne sut pas garder sa compagne à ses côtés. L'Oiseau de feu quitta sans un regard en arrière. Le dragon se retrouva seul avec sa fille, Zhar, le fruit de leur passion ardente. La Grande Bête eut tôt fait d'envoyer sa fille à la Cour des Faes pour qu'elle y soit éduquée selon son rang. La petite Zhar s'y lia d'amitié avec la princesse Wynne. Mais sa nouvelle amie était aussi impétueuse qu'elle. La princesse ne tarda pas à faire un faux pas qui lui valut d'être exilée. Lorsque la princesse quitta la Cour des Faes, Zhar la suivit vers le Nouveau Monde. Les deux amies se fondirent dans la nature sauvage et les nouvelles se firent rares. La rumeur veut que Zhar rencontrât un homme que tous qualifiaient de monstre. Et qu'elle le subjuguât à sa volonté.

Visdom me laissa un instant pour absorber l'information avant de reprendre.

— Et nous voilà devant deux prédateurs qui cherchent la même chose. Jörmun est convaincu que le Windigo a tué sa fille. Mais le corps de Zhar n'a jamais été retrouvé. Et Karl veut découvrir qui a brisé sa famille. Si seulement, ils pouvaient retrouver Zhar, vivante et bien portante, ils arrêteraient peut-être de s'entredéchirer.

Soit ma mémoire me faisait défaut, soit je n'avais jamais entendu cette histoire. Et mes tuteurs m'en avaient raconté beaucoup au fil des années. Mais outre ce mystère, je ne comprenais pas pourquoi il m'avait contacté. Je n'étais pas équipée pour affronter ce genre de situation. M'immiscer dans les affaires de deux créatures aussi puissantes ne pourrait que mal finir pour moi.

— Bonne chance, lui répondis-je.

Cette fois-ci, le grondement n'avait rien de jovial et un frisson me remonta le dos.

— Et si Zhar pouvait te dire qui a tué tes parents?

Je me figeai. Alain ouvrit de grands yeux surpris et me pointa. Je répondis pour son bénéfice et celui du dragon.

— Ils ont été massacrés par des loups-garous bestiaux. Il n'y a pas de mystère là.

— Non? Qui les a envoyés là? Sur le territoire même du Windigo? N'est-ce pas une curieuse coïncidence?

Mon regard se porta sur Marc, qui dormait toujours dans le divan. Les propos du dragon faisaient écho à mes propres déductions. D'autant que les loups-garous avaient tendance à éviter les endroits déjà fréquentés par d'autres prédateurs. Question d'équilibre naturel et d'esprit compétitif.

Un vide se creusa dans ma poitrine. La mort de mes parents n'avait jamais été un mystère, mais c'était toujours une plaie à vif dans mon cœur d'enfant. Mes tuteurs m'avaient donné un deuxième foyer et je n'avais manqué de rien. Mais la vie qui aurait dû être la mienne m'avait été dérobée. Et ce sentiment ne s'était jamais atténué. Un goût amer se répandit sur ma langue et la colère me fit serrer le smartphone dans ma main.

– Mes parents sont morts. Me venger ne changera rien. Je ne suis pas le pion du Windigo. Trouvez quelqu'un d'autre pour faire vos courses.

– Toutes mes excuses.

La voix du dragon était comme un roulement de tonnerre dans un ciel d'été couvert de nuages noirs. Il n'annonçait rien de bon. J'avalai ma salive péniblement, inquiète pour la suite.

– On m'a fait comprendre que le Windigo et toi étiez... proches. Tu vois, je suis un peu en fâcheuse posture.

Je restai silencieuse, bien décidée à ne pas me porter volontaire pour servir d'appât. Encore. Visdom poursuivit.

– Je suis un sage et un conseiller. Ma présence est requise aux côtés de mon roi. Mais mon frère est un stratège et un protecteur. À ce titre, il est plus libre de ses mouvements. Je l'ai peut-être encouragé à interpréter certains faits pour qu'il y ait apparence de conflit. Dans ces circonstances, il est de son devoir d'intervenir et de protéger le trône.

Je frottai mes tempes. Un immortel qui s'ennuie est une véritable menace pour ses proches. À quoi les Rois-Mages avaient-ils pensé en asservissant des créatures d'une telle puissance? C'était aussi dangereux que de prendre un loup pour un animal domestique. Dans ce cas-ci, deux loups. Avec des intentions probablement divergentes de celles de leur souverain. L'incrédulité me fit perdre ma censure.

— Vous avez encouragé votre frère à assassiner son petit-fils?

— Pas en ces mots, non. Le Roi-Mage Sven a été assassiné avant ta naissance. Tout porte à croire que le père de Karl était derrière ce régicide. Cependant, dès qu'il a fait la connaissance de Zhar, le Windigo a abandonné ses plans de conquête. Ce qui me pousse à croire qu'il n'était pas le maître d'œuvre de ce plan. Le Roi-Mage William a succédé à Sven et il vient d'essuyer une troisième tentative d'assassinat en un an. Et c'est sans compter toutes les attaques sur les membres de la famille royale. Il semblerait donc que les dissidents soient encore actifs.

Je croisai le regard d'Alain. Il avait les mains sur les hanches, la mine sombre. Cette information ne semblait pas le surprendre. Ce qu'il me restait de patience s'évapora.

— Et quel rôle une simple humaine peut-elle bien jouer dans tout ça?

— Chère Ellie. Vous êtes le chaînon manquant entre le Windigo et les Clans. J'en suis venu à la conclusion qu'il y a une taupe parmi les Clans. Une cellule de dissidents, au sein des insurgés. Quelle ironie, n'est-ce pas? Alors que la majorité d'entre eux travaillent à obtenir leur indépendance, certains cherchent plutôt à éradiquer la lignée du Roi-Mage.

Mes mâchoires se crispèrent. Je n'allais certainement pas trahir la confiance des Faoladh en dénonçant un de leurs alliés. Le dragon reprit sur un ton pensif.

— Les Faoladh ne me semblent pas des bons candidats pour ce genre de double jeu. Ça irait à l'encontre de leur inclination naturelle. Toutefois, ils sont assurément en danger par la simple présence de cette taupe au sein de leur groupe. Et éventuellement, mon frère en viendra à tous les tuer pour éliminer la menace qui plane sur le trône. C'est à toi de voir quelle valeur tu accordes à la vie de ta famille.

Mon cœur se mit à battre à toute vitesse. Nous étions passés des demandes aux menaces. Et j'étais loin d'apprécier ce changement. Devant moi, Alain secouait férocement la tête.

— Je vais réfléchir à tout ça. Merci d'avoir pris le temps d'appeler.

Et je raccrochai.

Alain me regardait comme si une deuxième tête m'avait poussé. Il cligna des yeux et retrouva la parole.

— Que vas-tu faire?

— Je vais dormir. On verra le reste après.

Je lui tournai le dos et montai les escaliers. J'avais eu ma dose de surnaturel pour la journée.

Chapitre 15

La chambre d'invités était au bout du corridor. Je ne pris même pas la peine d'allumer le plafonnier. Les rideaux étaient entrouverts et la lueur de l'autoroute illuminait juste assez la pièce pour que je distingue les meubles. Je retirai mes chaussures et me couchai sur le couvre-lit. Dès que je fermai les yeux, des images se mirent à défiler en continu. Un frisson me parcourut, et ce n'était pas à cause de la température. Je fixai le lambris du plafond.

J'étais étrangement touchée à l'idée que Karl ait pris le temps de m'envoyer des renforts alors qu'il avait probablement d'autres considérations plus pressantes. Et sur les talons de cette pensée, la culpabilité m'envahit. Je l'avais abandonné sans poser de question. La raison me faisait dire qu'il n'avait pas vraiment besoin de moi pour l'aider et que j'aurais seulement réussi à me faire tuer dans le feu croisé.

Je soupirai et me tournai sur le côté. Il y avait de fortes chances pour que Karl ignore son lien de parenté avec le dragon Terreur. Je me voyais mal le lui annoncer. Peut-être qu'Alain pourrait s'en occuper? De son côté, Jörmun était inévitablement au courant.

L'idée qu'il veuille tuer un membre de sa famille me laissait perplexe. Ou alors Visdom avait raison, et la magie qui le liait au trône était plus forte que tout le reste. Le père de Karl avait tué l'ancien Roi-Mage et la loyauté de Jörmun l'obligeait à éliminer cette menace, peu importe le lien de parenté. Cette pensée avait quelque chose d'effrayant. Je commençais à entrevoir comment la lignée des Roi-Mages avait gardé le contrôle du monde surnaturel depuis toutes ces années.

Je passai une main sur la surface légèrement rugueuse du couvre-lit. C'était un de ces jetés de lit faits au crochet. Le motif était composé d'énormes carrés avec un point au centre, d'où partaient quatre losanges en relief. J'avais le souvenir d'un jeté similaire. Il devait être dans les caisses en plastique que Bridget avait gardées pour moi. Elle avait fait le tour de ma maison d'enfance et avait récupéré ce qu'elle avait pu. Elle avait tout entreposé pour le jour où je serais assez curieuse pour y fouiller. Ce jour n'était pas encore arrivé.

Selon ma compréhension de la situation, j'avais deux choix. Je pouvais continuer ainsi, me cacher derrière la protection des Faoladh et rester un témoin passif. Christian me protégerait de Karl, des dragons et de tous ceux qui me courraient après, et je pourrais refuser toute implication dans les événements à venir.

Ou je pouvais participer à la hauteur de mes capacités. Je n'avais certainement pas la force des loups-garous ou la magie des mages, mais j'avais amassé une quantité d'information considérable au fil des années.

J'avais déjà une idée d'où pouvait être cachée la mère de Karl. La seule chose qui m'empêchait d'appeler Karl immédiatement pour lui en parler était que je n'avais pas son numéro de cell. Et il était hors de question que je le demande à Alain.

Mes yeux se mirent à picoter. J'y appuyai la paume de mes mains. J'étais pathétique. Je m'étais sauvée de lui et j'étais impatiente de le revoir. Mais j'allais devoir changer certaines choses avant d'être en mesure de traiter sur un pied d'égalité avec Karl.

Je refusais d'être à la remorque du Windigo ou aux crochets des Faoladh. Il fallait que je trouve le moyen d'obtenir le respect de la communauté surnaturelle, sinon j'allais constamment esquiver des tentatives d'enlèvement et d'assassinat. J'ignorais comment accomplir un tel exploit.

Mes yeux se fermèrent d'eux-mêmes à un moment ou à un autre, car je me réveillai lorsque les rayons de soleil atteignirent le lit. À en juger par les sons qui me parvenaient d'en bas, quelqu'un préparait du café. Je passai à la salle d'eau à l'étage et tentai de mettre de l'ordre dans ma coiffure et mes vêtements. Avec un succès partiel. Je haussai les épaules et descendis. Ils allaient devoir me prendre telle quelle.

À mon arrivée en bas, Alain me tournait le dos et fouillait dans le frigo. Marc était assis, les poings fermés sur la table de cuisine. Sa bouche était pincée et ses épaules courbées. Je m'approchai de lui et inspectai son visage.

Il avait pris des couleurs pendant la nuit. Et pas la bonne sorte. Il se leva lorsqu'il remarqua ma présence. Un tressaillement trahit sa douleur et il porta une main sur ses côtes. Je l'aidai à se rasseoir avec un regard sévère. La galanterie ne justifiait pas qu'il empire sa situation. Je pris place sur la chaise à côté.

— As-tu dormi un peu? demandai-je.

Il acquiesça et jeta un regard vers Alain.

— Dis-moi que tu n'as pas passé un marché avec ce démon pour assurer notre sécurité.

Le démon en question revint vers la table avec un pot de beurre d'arachides et m'offrit un sourire charmant. Une nuit à passer le guet n'avait visiblement pas eu d'effet sur son allure. Je secouai la tête, autant pour rassurer Marc que réprimander Alain. Ce n'était pas le moment de créer un malentendu avec des suppositions erronées. Je posai ma main sur celle de Marc.

— Karl l'a envoyé garder un œil sur nous, au cas où.

Alain fit une courbette à mon intention.

— Ton idée de venir ici semble avoir été la bonne chose à faire. Personne n'a approché l'endroit pendant la nuit. Je ne peux donc pas vanter mes exploits pour m'attirer tes faveurs.

Marc gronda à mes côtés. Mes sourcils grimpèrent tout en haut de mon front. Je ne l'avais jamais vu afficher de l'animosité envers quiconque. Je jugeai plus avisé de lui changer les idées.

— Tu as manqué un appel instructif hier. Le dragon Sagesse a décidé de s'intéresser à moi.

Ma diversion fonctionna et il écouta mon récit sans un mot. Il secoua la tête à la fin.

— Je suis désolé, Ellie. J'aurais aimé pouvoir t'épargner tout ça.

C'était à mon tour de secouer à tête.

— J'ai bien réfléchi et je crois que mon implication dans ces événements remonte à trop loin pour que je puisse rester sur les lignes de côté.

Alain me considérait avec un sourire en coin. Comme je ne savais pas comment interpréter sa réaction, je l'ignorai et poursuivis.

— Je suis limitée par ma nature, en comparaison aux créatures à qui je dois me frotter. Mais ça veut juste dire que je dois être plus inventive.

Alain me tendit une tranche de pain rôtie avec un grand sourire. Je le remerciai d'un signe de tête. Il s'assit en face de nous et croisa les mains sur la table.

— J'imagine que tu as une meilleure idée de ce que tu vas faire aujourd'hui, dit-il.

Je terminai ma bouchée et me tournai vers Marc.

— Est-ce qu'il y a un endroit où je peux te laisser? Quelque part à l'abri?

Il balaya mon idée du revers de la main.

— J'appellerai un taxi. Je vais demander asile à l'Alliance des mages. Ils seront en mesure de me protéger des vampires et des Faes qui voudraient riposter.

Je lui souris et serrai sa main. L'idée de le laisser partir seul ne me plaisait pas beaucoup, mais j'allais avoir une journée bien remplie et c'était mieux ainsi. Je me tournai vers

Alain. Il était assis en face de moi, encore avec cet air de mauvais garçon.

Sa chaise était assez éloignée de la table pour qu'il puisse croiser les jambes confortablement. Les mains sur les genoux, il me considérait avec une anticipation à peine dissimulée.

– As-tu des projets aujourd'hui? demandai-je.

Une lueur inquiétante traversa son regard et il écarta les mains.

– Je suis à ton entière disposition.

Je terminai ma tranche de pain rôtie en silence et secouai mes mains. Il nous fallut quelques minutes pour tout remettre en ordre. Je laissai une note sur la table à l'intention de Greg. J'espérais qu'il ne m'en voudrait pas trop. Les prédateurs étaient parfois bien tatillons sur les transgressions de territoire, mais vu les circonstances, j'espérais qu'il laisserait passer. Je verrouillai la maison derrière moi et quittai la relative sécurité de la maison. C'était le moment de prouver aux surnaturels que je n'étais pas qu'un pion sur leur échiquier.

Chapitre 16

Alain insista pour que j'embarque avec lui, mais je refusai catégoriquement. J'avais la ferme intention de rester autonome. C'était peut-être de l'acharnement à ce niveau, mais j'avais besoin d'établir mes limites. Je me dirigeai vers Sainte-Foy, dans un des quartiers de tours d'habitation entre le chemin Sainte-Foy et le Versant-Nord.

L'immeuble qui m'intéressait était âgé et actuellement en rénovation. Je stationnai ma voiture un peu plus loin pour éviter la machinerie et les bennes à ordures. La voiture d'Alain s'immobilisa derrière la mienne et je lui fis signe de m'attendre dehors. Vu sa tête, il n'approuvait pas. J'agitai mon smartphone pour le rassurer et tournai les talons sans attendre.

Dans le hall, je signalai un numéro sur l'interphone. Comme j'avais texté Geneviève avant de partir, la porte bourdonna presque immédiatement pour signaler qu'elle était déverrouillée. Je montai les marches rapidement sans toucher à la rampe.

Malgré les travaux en cours, l'endroit était encore en mauvais état et les propriétaires ne s'étaient pas occupés des petits détails, comme fixer la main-courante. Geneviève m'attendait sur le deuxième palier. Elle portait un pyjama avec un motif d'ananas et des pantoufles en poils roses. Son regard inquisiteur me parcourut de la tête aux pieds. Je tentai de la rassurer.

— Je suis en un morceau. Ne t'inquiète pas pour moi.

Elle roula des yeux et me fit signe de la suivre dans l'appartement.

— Café?

Je secouai la tête. Mon estomac était trop noué à l'idée de ce qui m'attendait. J'avais l'impression d'avoir mangé une brique pour déjeuner, plutôt qu'une simple toast. Elle haussa les épaules et s'en prépara un avec une bonne dose de liqueur irlandaise.

– Dur réveil? demandai-je.

Elle se laissa tomber sur une des chaises de la cuisine. Ses cheveux étaient en bataille et des cernes bien prononcés marquaient ses yeux.

– Les garçons ont proposé de finir la soirée sur la Grande-Allée. Nous avons fait au moins trois terrasses. J'ai perdu le compte des tournées qui ont été payées par qui. Je travaille tantôt, alors j'ai arrêté de boire vers minuit. Mais j'ai quand même moins de trois heures de sommeil.

J'ouvris de grands yeux et pris une chaise en face d'elle.

– Au moins, une de nous deux s'est amusée.

Elle plissa les yeux à mes paroles.

– Crache le morceau. Que s'est-il passé hier?

J'entrelaçai mes doigts sous la table pour éviter de trahir ma nervosité. Je ne voulais pas l'inquiéter outre mesure. Comme elle n'était pas au courant de mon lien avec le monde surnaturel, je préférais taire bien des choses. Une demi-vérité devrait faire l'affaire.

– J'ai un peu paniqué. Karl connaît mes tuteurs par le biais de son père adoptif.

Elle haussa un sourcil amusé.

– Il est orphelin lui aussi? Ça vous fait un point en commun. Alors, c'est le grand amour?

Je retroussai le nez. Depuis le temps qu'elle voulait me caser, sa satisfaction me semblait un peu malsaine. Je frottai une tache sur le dessus de la table pour éviter son regard et poursuivis.

– Sa mère est portée disparue. Il passe la plupart de ses temps libres à essayer de la retrouver.

Devant son silence, je relevai la tête. Elle cligna des yeux lentement.

— Wow. Il doit être passé au niveau supérieur dans la catégorie de l'angoisse d'abandon.

Je haussai les épaules, étrangement sur la défensive.

— Je peux le comprendre. S'il y avait la moindre chance que mes parents soient encore vivants, je ne pourrais pas avoir l'esprit tranquille.

Elle eut un sourire triste et se pencha vers moi. Sa main se posa brièvement sur la mienne. Elle la retira avant que l'inconfort me pousse à le faire. Elle me connaissait trop bien à certains égards.

— Désolée, dit-elle. Tu en parles rarement. J'ai toujours l'impression que tu es passée à autre chose.

Je levai les yeux au plafond dans l'espoir de refouler les larmes qui menaçaient de couler. Sa voix prit un ton pensif.

— Mais je ne vois pas ce qui a pu te faire paniquer. Et pour quelle raison Bastien te cherchait.

Je changeai de position sur ma chaise et croisai les bras. Pour être à la fois honnête et conserver les secrets des surnaturels, j'allais devoir tricoter un peu autour de mon histoire.

— Le père de Karl sait pourquoi mes tuteurs m'ont adopté. Et ce n'est pas vraiment par altruisme.

Elle prit un air horrifié.

— Ne me dis pas qu'ils en ont après ton héritage.

Je secouai la tête.

— Non, rien de si vulgaire. C'est plutôt parce qu'ils s'attendaient à ce qu'une personne de mon entourage en particulier vienne me réclamer. Et ils ont des comptes à régler avec cette personne. Mais elle n'est jamais venue.

Mes mains étaient glacées. Je les frottai dans l'espoir de les réchauffer. Je regrettais de ne pas avoir accepté son offre pour un café. Geneviève m'observa, une main sur la bouche. Finalement, elle se cala dans sa chaise.

– Alors, tout ce temps, ils t'ont gardé dans l'espoir de mettre la main sur cette personne, résuma-t-elle.

J'acquiesçai. Elle me fit de gros yeux et secoua la tête.

– C'est ridicule. Ma mère a eu mon frère alors que j'avais douze ans. Et c'était un bébé aux besoins intenses. J'étais en première ligne pour assister à tout ce que ça implique. Laisse-moi te dire que s'occuper d'un enfant est une épreuve qui requiert énormément d'amour et de sacrifices. Quand c'est le tien, c'est une chose. Mais élever celui d'un autre? Ça doit être encore plus exigeant.

Elle me pointa du doigt et poursuivit.

– Tes tuteurs ont toujours été patients et généreux. S'ils n'avaient pas eu la moindre affection pour toi, s'ils t'avaient gardé pour leur propre profit, tu n'aurais pas eu le même genre d'enfance.

Mes yeux se remplirent de larmes à nouveau. Elle se leva et me prit dans ses bras. Je lui rendis son étreinte, la poitrine serrée.

– Ma belle, je crois que Karl n'est pas le seul à souffrir d'angoisse d'abandon.

Elle me frotta le dos tandis que mes larmes coulaient. Je la serrai un peu plus fort et m'imprégnai de sa chaleur. Une fois mon calme retrouvé, elle recula d'un pas et me tendit un mouchoir.

– Je t'offre mon divan, à la condition que tu leur parles avant.

J'inspirai un grand coup et regardai par la fenêtre au-dessus de l'évier. La journée s'annonçait magnifique, avec un ciel dégagé et une légère brise pour couper la chaleur. L'étau autour de mon cœur se relâcha. Il y avait encore de l'espoir. Je devais juste cesser de fixer les nuages à l'horizon. Je reportai mon attention sur Geneviève et acquiesçai. Elle me sourit avant d'aller chercher mon sac à dos.

– Merci, dis-je. Je te tiens au courant de mes projets de ce soir.

– Ne me remercie pas trop vite. Je vais abuser de ta gentillesse et exiger que tu fasses la vaisselle en échange.

Je lui rendis son sourire et passai la porte avec un geste de la main en guise d'au revoir. La situation n'avait pas changé, mais ma façon de voir les choses était légèrement différente. L'espoir était à la fois douloureux et revigorant. Je descendis les marches d'un pas plus mesuré qu'à mon arrivée. Lorsqu'Alain me vit, il sortit de sa voiture et s'avança vers moi, sourcils froncés.

– Que s'est-il passé?

– Rien de grave. Un peu de psychanalyse amateur, gracieuseté de ma future coloc.

Sa mine se fit un peu plus orageuse. Même si j'étais touchée qu'il se préoccupe de mon état, je n'allais pas le laisser mettre son nez dans mes affaires. J'agitai une main.

– Ça ne change rien à nos plans. Allons retrouver les Faoladh au centre des congrès.

J'embarquai dans ma voiture sans le laisser répondre et pris la direction du pont Pierre-Laporte pour traverser sur la rive sud. Dimanche matin, si tôt dans la journée, l'autoroute était déserte et le trajet vers Lévis prit moins de vingt minutes.

En raison du restaurant, de l'hôtel et des activités du centre, le stationnement était déjà bien rempli. Je reconnus plusieurs voitures qui appartenaient aux Sentinelles de la meute. Je me stationnai à côté et attendis qu'Alain fasse de même.

Il débarqua de sa voiture et ajusta son veston. Après un coup d'œil circulaire sur l'endroit, il enfila une paire de lunettes fumées. La largeur des verres venait accentuer l'angle de sa mâchoire et la sévérité de ses traits.

Si je l'avais croisé dans d'autres circonstances, je l'aurais évité. Il faudrait que je remercie Karl de m'avoir envoyé des renforts aussi efficaces. Je regrettais seulement d'en avoir besoin.

Une pointe d'envie me perça la poitrine, sensation bien familière pour une simple humaine parmi des créatures fabuleuses. Je le rejoignis, les mains croisées sous mes coudes pour me garder de la fraîcheur du matin.

– Est-ce que ça fonctionne? demandai-je.

– Quoi?

– Le look *bad boy*. Je devrais peut-être essayer.

Il me sourit de toutes ses dents. Je frissonnai, en partie à cause de l'air frais, mais surtout en raison de l'avertissement dans son regard.

– Être insolent est un jeu dangereux. Les prédateurs ont tendance à le prendre comme un défi, ou pire, comme de l'insouciance. Les plus anciens voudront t'apprendre une leçon.

Je détournai le regard et frottai mes avant-bras pour me réchauffer. Je considérai le centre des congrès, dans les tons de gris et de blanc, avec toutes ces immenses fenêtres. La façon dont j'allais aborder Christian déterminerait bien des choses. J'avais tout intérêt à ce qu'il me prenne au sérieux. Je sursautai lorsqu'Alain plaça une main sous mon coude. Il me relâcha et recula aussitôt.

– Essaie de ne pas te faire tuer. Si le Windigo massacre la moitié des participants de la table des discussions, je vais avoir des comptes à rendre.

Je lui envoyai un regard exaspéré. J'avais survécu jusqu'ici sans son aide. Puis le sens de ses paroles m'arrêta.

– Il a dit qu'il n'avait jamais tué quelqu'un sans l'avoir prémédité.

Alain me fit signe de le précéder vers l'édifice. Tout en marchant, je haussai les sourcils et il acquiesça.

– À ma connaissance, c'est exact. Il est quand même un peu... impétueux par moment.

Je plissai les yeux. Un monstre maudit mangeur de chair humaine impétueux. Quel heureux mélange. J'entrai dans le hall à l'arrière du centre et soupirai de soulagement de me retrouver à la chaleur. La journée finirait par se réchauffer, mais d'ici là, je n'étais pas habillée assez chaudement.

Le plancher gris anthracite contrastait joliment avec les insertions de bois acajou. Des panneaux d'affichage annonçaient les salles pour les différents groupes présents pendant la fin de semaine. Alain me suivit sans rien dire alors que je montais au deuxième étage. Je ralentis avant d'arriver au palier.

En haut des marches se tenait Keiran, un des Faoladh, une main sur le poignet opposé et les jambes légèrement écartées. Il portait un complet noir et il était rasé de près. Je l'avais rarement vu aussi formel.

Keiran avait presque le même âge que moi, aussi j'avais passé peu de temps avec lui. Ses frasques et de ses exploits de jeunesse avaient souvent été discutés par Christian et Bridget. Il avait donné des cheveux blancs à pas mal de monde. C'était un séducteur et un casse-cou. Il ne s'était jamais intéressé à moi et je l'avais évité autant que possible.

Il sourcilla à ma vue. Avec ses cheveux noirs et sa mâchoire carrée, il aurait pu être une vedette de cinéma. Mais quelque chose dans son attitude atténuait grandement son charme. Je terminai mon ascension et arrêtai à sa hauteur.

– Te voilà enfin, dit-il. Tu as fait paniquer tout le monde, hier.

– Désolée. La situation était légèrement hors de mon contrôle.

Il fit une moue peu convaincue. Mes mâchoires se crispèrent et je m'efforçai de ne pas grincer des dents. Son arrogance me poussa à lui retourner la monnaie de sa pièce.

– Je croyais que tu avais été retiré de l'organisation de la table des discussions. Tu sais, à cause de tes mauvais choix de vie.

Il croisa les bras et sa bouche prit un pli dédaigneux. Je regrettai aussitôt mes paroles. J'avais toujours fait attention de ne pas provoquer les loups, mais j'étais à court de subtilité ce matin. Alain m'avait pourtant averti. Keiran montra les dents et répondit d'un ton suffisant.

– De toute évidence, ils ne pouvaient pas se passer de moi.

Son regard se posa sur Alain, qui était resté un pas derrière moi. Il inclina la tête.

– Les démons et les élémentaux sont regroupés au rez-de-chaussée. Prenez à gauche en bas de l'escalier.

Alain secoua la tête. Il retira ses lunettes fumées et les glissa dans la poche intérieure de son veston avec une lenteur délibérée.

– Je ne suis pas venu en tant que représentant des démons. J'agis à titre de garde du corps pour Ellie.

Il imita la pose de Keiran un peu plus tôt, une main sur le poignet. Je doutais que Keiran soit assez malin pour relever l'insulte. Son regard alterna entre nous. Ou peut-être que oui. Je réprimai ma satisfaction et lui offris un sourire ingénu.

– Peux-tu m'indiquer où trouver Christian?

Il pointa l'autre extrémité du corridor derrière lui. Il sortit son smartphone et sélectionna un numéro rapide. Probablement pour avertir Christian de mon arrivée. Je n'attendis pas sa bénédiction et pris la direction indiquée.

Le tapis au sol étouffait les bruits de nos pas et le mur vitré à notre droite laissait entrer la lumière du matin. La première porte donnait sur une énorme salle de réunion disposée en table ronde pour une trentaine de personnes. Tout autour étaient disposées des rangées de chaises pour des spectateurs. Comme la salle était vide à l'exception du personnel d'entretien, je poursuivis mon chemin.

Un peu plus loin, je reconnus une silhouette assise sur un banc juste à côté de la porte d'une autre salle de réunion. Il avait les mains croisées sur une canne entre ses deux jambes. Comme s'il nous attendait. Je lui rendis son sourire.

– Bonjour monsieur Baptiste.

– Quel plaisir de te voir, Ellie. Alain, ça fait longtemps.

Alain acquiesça en silence. Il s'appuya contre le garde-corps de la paroi vitrée, les bras croisés. Je pointai la salle du menton.

– Est-ce que Christian et Bridget sont là?

Baptiste acquiesça.

– Les discussions ont duré toute la nuit. Les vampires se sont retirés il y a deux heures. Ils viennent de nous servir le petit déjeuner. Comment s'est passée ta soirée d'hier?

Je considérai le vieil homme un moment. J'ignorais quelle était sa réelle allégeance dans le conflit Amériques–Europe. Il nous avait bien aidés, Karl et moi, mais je n'étais pas à l'aise de discuter avec lui. Surtout pas dans un corridor.

– Mouvementée, mais très instructive.

Le Bonhomme Sept Heures me sourit, comme s'il comprenait ce que je passais sous silence. Il me fit signe d'entrer d'un geste de la main. Je poussai la porte et jetai un coup d'œil circulaire pour évaluer qui était présent.

Je reconnus Bridget et Christian avec leurs trois sentinelles, Bryan, Sorcha et Rian. Ils étaient installés à une extrémité de la pièce et semblaient travailler sur un document écrit. J'étais contente de voir que Bryan ne gardait pas de traces de sa rencontre avec le Windigo.

De l'autre côté de la salle de réunion, il y avait la Corriveau et Annick accompagnée d'un autre Shaman de sa tribu. Ils discutaient avec le sasquatch d'hier soir et ce qui semblait être son jumeau identique. C'était plus de spectateurs que ce que j'aurais aimé, mais c'était probablement le noyau fort des Clans. Je doutais que la taupe soit parmi eux.

Je frappai sur le cadre de porte pour signaler ma présence et entrai dans la salle. Tous les regards convergèrent sur moi. La main d'Alain dans mon dos me fit réaliser que j'avais arrêté. J'inspirai profondément et me remémorai mes bonnes résolutions. Je n'étais pas la brebis qui se dirigeait vers l'abattoir. Ce n'était plus le rôle que je voulais tenir.

Bridget se leva et avança à ma rencontre. Elle ouvrit les bras et je lui fis une rapide accolade. Ses mains s'attardèrent sur mes épaules alors que son regard me parcourait de haut en bas. Je ne devais pas offrir un tableau très glorieux.

– Nous étions inquiets pour toi, dit-elle.

– Je sais. Je m'en excuse.

Je tournai la tête vers Christian. Mon tuteur était un homme imposant, plus par sa présence que par son physique. C'est de lui que Bastien avait hérité ses cheveux châtains et sa haute taille. Il me considérait avec un air songeur. J'étais incapable de dire si c'était une bonne ou une mauvaise chose. Je devais me rappeler que les Faoladh m'avaient pris sous leur aile dans le but d'attirer le Windigo.

Les événements des derniers jours étaient le fruit de ces circonstances et non de mon fait. Je pointai une des chaises.

– Est-ce que je peux vous parler un instant? C'est important.

Il fit un signe de tête à quelqu'un derrière moi. Je me tournai pour voir que Keiran nous avait suivis. Il ferma la porte de la salle de réunion et vint se placer à quelques pas de nous.

Je m'assis sur une des chaises vacantes. Alain s'éloigna et alla saluer la Corriveau.

Christian et Bridget se rassirent. Mon regard fit le tour des Faoladh. L'attitude des Sentinelles variait de l'animosité à l'intérêt prudent. Je croisai mes mains sur mes cuisses pour les empêcher de trembler.

— J'ai fait la connaissance du Windigo hier, comme vous le savez.

Je hochai la tête à l'intention de Bryan. Il croisa les bras, les lèvres pincées.

— Monsieur Rodrigue nous a demandé de cesser les recherches après l'affrontement, dit-il. Il semble penser que vous êtes en bons termes, le Windigo et toi.

Je m'éclaircis la gorge et poursuivis.

— Parmi les événements qui ont découlé de cette rencontre, il y a eu une altercation avec Jörmun, le dragon Terreur.

Christian et Bryan échangèrent un regard entendu tandis que Bridget ouvrait de grands yeux.

— J'ai ensuite reçu un appel de la part de Visdom, le dragon Sagesse.

Rian éclata de rire.

— Finalement, ce n'est pas ici que l'action se déroulait.

Sorcha eut un grognement moqueur. Je haussai les épaules avec un sourire contrit.

— Les dragons pensent qu'il y a un groupe de dissidents parmi les séparatistes. Qu'il y a une taupe qui travaille à éradiquer la lignée du Roi-Mage, plutôt qu'à obtenir votre indépendance. Visdom dit que ça remonte aux années 80, avant l'assassinat du Roi-Mage Sven.

Christian se passa une main sur la bouche. Les sentinelles échangèrent des regards lourds de sens. J'avais l'impression de confirmer quelque chose qu'ils soupçonnaient déjà. Alain s'était rapproché et observait leurs réactions avec intensité. Je m'agitai sur ma chaise.

— Une Fille de Bleiddwn contrôlait les loups-garous bestiaux qui ont massacré ma famille. Connaissez-vous son identité?

Christian inspira soudainement. Les mains de Bridget se crispèrent sur les accoudoirs de sa chaise. Bryan se pencha vers moi et mon cœur se mit à battre plus vite.

— Qui t'a parlé de ça? demanda-t-il.

— Quelle importance?

Les Faoladh me considéraient en silence. L'absence de réponse me fit perdre patience. Ma perspective avait changé, mais pas la leur. Nous étions dans une impasse. Je me levai.

— Votre idée de me garder comme appât pour le Windigo a échoué lamentablement. Vous ne parviendrez pas à le contrôler grâce à moi. Je lui demanderai son numéro de téléphone et je vous le donnerai pour que vous vous parliez directement.

Je fis face à Bridget, la gorge serrée.

— Je vais récupérer mes affaires à la maison et les emballer. Je déménage. Merci pour tout. Bonne chance pour la suite.

Christian frappa la table du plat de la main. Je sursautai et reculai d'un pas. Il se pinça l'arête du nez et inspira.

— Ce n'est pas le moment de faire une crise existentielle. Nous en avons déjà assez à gérer.

Bridget essaya d'attraper ma main, mais je fis un pas de côté pour l'éviter. Christian se leva et fit signe à Keiran.

— Ramène-la à la maison.

Il se tourna vers moi.

— Nous en discuterons à tête reposée. Tu ne gâcheras pas tes études pour une question d'orgueil.

J'avalai péniblement. Je savais qu'il soulevait un point pertinent. Mes yeux se remplirent de larmes quand même. Je secouai la tête, incapable de m'opposer à sa volonté. La frustration me serra la gorge, emprisonnant tous les mots que j'aurais voulu lui dire.

Keiran tendit la main vers mon bras et je le repoussai. Je sortis de la salle de réunion et tournai du mauvais côté du corridor. J'essuyai les larmes sur mes joues et fis demi-tour. Le banc était vide. J'étais soulagée que le Bonhomme Sept Heures n'ait pas assisté à ce spectacle. Je repassai devant la porte comme Keiran en sortait. Alain était encore dans la salle et semblait argumenter avec Christian.

Je continuai mon chemin jusqu'aux escaliers. Quelqu'un était en train de les monter au pas de course. Mon souffle se coupa en le reconnaissant. Karl se tenait devant moi, vivant et en un morceau.

Sa respiration était saccadée et il avait l'air d'avoir passé la nuit debout. Le côté gauche de son visage était enflé et bleu. Ses avant-bras étaient striés de marques rouges. Je n'osais pas imaginer le reste de son corps. Son regard se posa sur moi. Ses yeux se mirent à briller comme des braises rougeoyantes.

Je fus brusquement tirée vers l'arrière et me retrouvai plaquée contre Keiran, sa main autour de ma gorge.

– Quelle heureuse coïncidence, dit-il. Le Windigo et sa proie, au même endroit.

Karl se figea alors que je sentais le canon d'un fusil s'enfoncer dans mes côtes. Le goût amer de la bile envahit ma bouche. J'avais déjà vu des statistiques sur les prises d'otage. J'avais une chance sur deux de m'en sortir indemne. Ces probabilités m'avaient semblé favorables à l'époque. Mais c'était avant d'être la victime.

– Vous allez tous les deux me suivre jusqu'à la salle des mages.

Il resserra sa prise sur mon cou. Mes oreilles se mirent à bourdonner. Les regrets m'empêchaient de réfléchir. Je n'aurais jamais dû laisser Visdom me convaincre de me mêler des histoires des surnaturels. La voix de Keiran me sortit de mes pensées.

– Pas de coup foireux. Tu vas défier le duc Nikolaj et l'abattre. Sinon, c'est Ellie qui paie.

D'un instant à l'autre, Karl explosait dans sa forme bestiale. Un vent froid me fouetta le visage et mon sang se glaça dans mes veines. Un monstre de deux mètres se tenait devant nous, ses andouillers occupant presque tout l'espace. Keiran recula de surprise, m'entraînant avec lui.

Le Windigo émit un rugissement assourdissant et la température chuta encore. Je ne savais pas trop si l'obscurité était de son fait ou si je commençais à manquer d'air. Plus loin dans le corridor, des portes claquèrent et des cris retentirent. Keiran jura. Nous étions pris entre un Windigo enragé et une dizaine de surnaturels.

– Qu'est-ce qui se passe? Qu'est-ce que tu fais, Keiran? demanda Christian derrière nous.

Keiran tenta de se déplacer pour le regarder, mais il n'osait pas quitter Karl des yeux. Finalement, c'est au Windigo qu'il s'adressa.

– Tu dois le faire. C'est la meilleure solution. Nous ne pouvons plus vivre sous l'oppression des Rois-Mages. Tu as la possibilité de mettre fin au problème. Une seule vie à prendre, pour toute une nation.

Le Windigo gronda et il pointa derrière nous.

– C'est ce que tu veux, Chef de meute? Que je serve d'assassin?

– Non, répondit Christian. Keiran, de quoi tu parles? Il n'a jamais été question de s'en prendre à la lignée du Roi-Mage. Ce serait un désastre pour tout le monde.

Keiran me secoua et recula d'un autre pas. Du coin de l'œil, je vis des Faes monter l'escalier au pas de course. Je reconnus quelques visages. C'étaient des nobles de la Cour, encadrés par deux Bérets rouges. Ces derniers étaient des gobelins guerriers, faciles à reconnaître à leur apparence trapue et leur peau foncée. Ils ralentirent à l'approche du palier et se placèrent en éventail.

Des éclats de voix nous parvinrent du fond du corridor. Keiran pivota et je vis le duc Nikolaj arriver à la hauteur de Christian. Le mage était de stature plus délicate que le loup-garou, avec le physique d'un érudit. Il avait les cheveux noirs et les yeux verts perçants en contraste avec sa peau mate. Il était suivi de près par deux autres mages qui étaient occupés à incanter. Le duc s'avança et prit la parole.

— Windigo, vous êtes le bienvenu à cette table de discussions. Mais nous avons un pacte de non-agression pour la durée de l'événement.

Karl montra les dents et pointa Keiran.

— Alors, tenez vos chiens enragés en laisse.

Il y eut un mouvement de protestation chez les Faoladh et Christian secoua la tête.

— Keiran n'a jamais eu d'ordre en ce sens.

Il se tourna vers nous.

— Lâche Ellie immédiatement. Il n'est pas trop tard pour régler ce problème sans violence.

— L'indépendance ne lavera jamais la dette que l'Europe nous doit, répondit Keiran.

Le canon du fusil quitta mes côtes. Je tentai de crier pour les avertir. Keiran pointa son revolver et vida son chargeur en direction du duc. Je tressaillis au bruit et tentai de détourner la tête pour me protéger.

Les mages activèrent leurs sorts défensifs et une aura bleutée entoura le groupe de surnaturels. Les balles ricochèrent dans tous les sens. Keiran me lâcha finalement et je me retrouvai soudainement derrière Karl qui me faisait écran de son corps.

Je vis quand même clairement un des Bérets rouges mettre la main sur Keiran et lui trancher la gorge d'un geste fluide. Une cascade de liquide écarlate imbiba immédiatement sa chemise blanche. Ses genoux lâchèrent et il s'effondra au sol avec un gargouillement.

De l'autre côté du corridor, les Faoladh s'étaient empressés de couvrir la retraite des mages. Bryan explosa dans sa forme bestiale dans un craquement sonore et sauta sur le Béret rouge. Le Windigo s'interposa avant qu'il ne puisse lui infliger de réels dommages. Il attrapa le loup par la nuque et le secoua assez fort pour l'étourdir. Il attrapa ensuite le gobelin et le projeta vers les autres Faes, les obligeant à reculer de plusieurs pas.

– Assez!

Le rugissement du Windigo arrêta tout le monde. Christian s'avança jusqu'au corps inanimé de Keiran et s'agenouilla. Lorsqu'il se releva, mon cœur se serra. Même si c'était un traître, sa perte n'en serait pas moins douloureuse. Christian se tourna vers les Faes.

– C'était un de mes loups. C'était à la meute de rendre justice. Vous pouvez avertir la reine Mab qu'elle me doit une vie.

La Corriveau apparut dans mon champ de vision. Elle fit signe aux Faes et aux Faoladh.

– Ce n'est pas un spectacle. N'oubliez pas que nous sommes dans un lieu public.

Elle jeta un regard au Windigo et haussa un sourcil.

– Quoique je doute qu'aucun humain ne soit en pleine possession de ses moyens à proximité. Dans la salle de réunion, tout le monde.

Elle croisa les bras et attendit. Les Faes jetèrent quelques regards furieux autour, mais s'exécutèrent.

Personne ne voulait courir le risque de défier la Corriveau. Un des sasquatchs émit un grognement sourd. La Corriveau se tourna vers lui puis fit signe aux Shamans.

– Je crois que certains ont été touchés par des balles perdues. Auriez-vous l'obligeance de porter assistance?

Annick acquiesça et fit signe au sasquatch de la suivre. Les mages se dirigèrent vers la salle de réunion. Je n'avais pas réalisé à quel point le corridor avait été bondé jusqu'à ce qu'il soit presque vide. Alain apparut et se dirigea vers nous. Il avait les épaules rigides et les poings fermés. Il salua Karl d'un geste sec de la tête et s'arrêta à mes côtés.

– Ça va?

Je fis signe que oui, incapable de parler.

– J'ai manqué à ma promesse, Ellie. Je suis désolé, dit-il.

Je clignai des yeux, surprise par sa colère.

– Que s'est-il passé? demanda le Windigo de sa voix gutturale.

Le démon eut un geste impatient.

– J'étais en train de parler à Christian. Les mages sont sortis de la pièce du fond en même temps que les Faoladh. Ils ont activé des sorts de confinement sur toutes les portes. Je suis resté coincé de l'autre côté.

C'était une étrange décision de bloquer ce qui aurait pu être des renforts. Je croisai les bras, soudain en proie à la nausée. J'étais la plus vulnérable du lot. Pourtant, ce n'était pas moi qui avais essuyé les pires blessures. Il y avait là une leçon à retenir, mais je n'étais pas vraiment en état de l'analyser. Je tentai de rassurer Alain, malgré ma gorge douloureuse.

– Tu ne pouvais pas savoir que Keiran était un traître. Pour le compte, moi non plus. La prochaine fois, je serai plus circonspecte.

Alain et Karl me regardèrent étrangement. Je levai les sourcils en guise de question. C'est Alain qui clarifia.

– J'espère qu'il n'y aura pas de prochaine fois.

Vu la dualité entre ma nature et celle de mes proches, il était inévitable que je me retrouve à nouveau dans une position délicate. Je laissai tomber le sujet pour le moment. Inutile de les mettre encore plus à cran. Je tournai mon attention vers les Faoladh. Ils s'étaient regroupés autour du corps de Keiran. Bridget essuyait ses larmes, les yeux rougis. Christian se passa une main sur le visage.

– Bryan, Sorcha, récupérez le corps et organisez un transport. Rian, appelle ses parents.

Je frottai mes bras pour faire passer mes frissons. Alain s'éloigna et revint avec une bouteille d'eau qu'il me tendit. Je le remerciai. Ma gorge était desséchée en plus d'être douloureuse. J'avalai péniblement quelques gorgées et refermai la bouteille, incapable d'en boire plus malgré ma soif.

Christian se tourna vers nous et posa les mains sur les hanches, comme s'il essayait de décider ce qu'il allait faire de nous.

– Ellie, ça va?

J'acquiesçai de nouveau. Il s'avança vers le Windigo.

– J'aurais préféré que notre première rencontre se fasse dans de meilleures circonstances.

Karl émit un grondement en guise de réponse. Le pelage de son dos était complètement dressé. Je résistai à la tentation d'étirer une main pour voir s'il était dru ou soyeux. Il avait cessé d'exsuder sa froideur habituelle. Je commençais à l'associer à son humeur. Je réprimai un sourire à l'idée qu'il soit un baromètre ambulant.

Alain me regardait avec les sourcils froncés. Je croisai mes bras. J'étais probablement un peu en état de choc.

– Je pense qu'Ellie a raison et qu'il y a effectivement un schisme au sein de notre groupe, dit Christian. Nous travaillons à obtenir notre autonomie, pas à démolir la structure européenne.

— Vous avez du ménage à faire dans vos rangs, se contenta de répondre Karl.

Christian acquiesça.

— Nous avons besoin d'un allié tel que toi. Maintenant plus que jamais. Tu es une figure de pouvoir. Personne ne pourra l'ignorer, ni les séparatistes ni les loyalistes. Ça nous évitera peut-être d'autres éclats de ce genre.

Le Windigo secoua la tête. Avec ses andouillers, le mouvement était impressionnant.

— Je participerai aux prochaines discussions. Mais je ne prendrai pas de parti pour l'instant.

Christian pinça les lèvres et acquiesça.

— Je comprends. J'espère que nous en viendrons à une entente qui bénéficiera à tous.

De ma position, je vis le duc Nikolaj revenir vers nous avec ses deux gardes du corps. Une bouffée de chaleur me monta au visage et mon estomac protesta. J'avais besoin de prendre l'air.

Personne n'avait besoin de moi pour poursuivre la discussion. Je tournai les talons et descendis l'escalier, les jambes tremblantes. Alain me suivit jusque dans le stationnement. Je m'assis sur la bordure du trottoir et fermai les yeux.

Chapitre 17

Je frottai ma nuque dans l'espoir de dissiper la tension dans mes muscles. Le décès de Keiran me laissait perplexe. Tout s'était passé tellement vite. Je ne comprenais pas comment un des membres de la meute avait pu œuvrer dans l'ombre sans que Christian s'en rende compte.

Bridget et lui devaient être dévastés par cette trahison. Les prochaines semaines allaient être désagréables pour toute la meute. Je voyais mal comment Christian allait garder des relations amicales avec les Faes après ce règlement de compte impétueux.

Je repensai aux paroles de Christian concernant mon déménagement. L'assurance-vie de mes parents avait permis de créer un petit fond que j'avais gardé de côté en vue d'acheter une maison plus tard. Je pourrais toujours utiliser cet argent pour terminer mes études.

Quitter la ville ne me semblait pas une bonne idée, mais j'étais décidée à sortir du cercle d'influence des Faoladh. J'allais devoir prendre des mesures de sécurité tout de même assez rigoureuses pour éviter de me retrouver la victime d'un enlèvement, comme Marc. Parce que même si je ne voulais plus me mêler de leurs conflits, rien ne les empêchait de m'utiliser comme pion.

Je croisai mes bras sur mes genoux et y appuyai mon front. Le souvenir du fusil contre mes côtes était indélébile. Un spasme me contracta le ventre et mon cœur manqua un battement. J'avais l'impression de le sentir encore. Pendant un terrible instant, j'avais été convaincue que la journée finirait en bain de sang.

Soit le mien, soit celui du duc. Keiran avait sous-estimé le Windigo. J'espérais pour Karl que les autres ne feraient pas la même erreur.

Mon départ de la scène avait peut-être été précipité. J'étais curieuse de savoir ce que le duc avait à dire à Karl. Et la réponse que Karl lui ferait. Considérant qu'il venait de refuser l'offre des Faoladh, il allait devoir se montrer diplomatique. À ma connaissance, il était plus doué pour l'intimidation.

Comme si mes pensées l'avaient fait apparaître, Karl s'assit à mes côtés. Je tournai la tête vers lui. Il avait repris son apparence normale, avec une paire de jeans et un t-shirt noir. Il avança une main vers moi et dégagea une mèche de cheveux qui avait glissé devant mes yeux. Je le laissai faire, trop secouée pour protester contre l'affection apparente dans ce geste.

— Je suis désolé pour Keiran, dit-il. Étiez-vous proches?

Je pris une profonde inspiration et la relâchai avant de répondre.

— Non. Keiran faisait partie de ceux qui se tiennent loin des humains normaux.

Il resta silencieux un moment et ma curiosité l'emporta.

— Qu'est-ce que le duc t'a dit?

Il inclina la tête d'un côté et de l'autre pour étirer son cou. Je n'étais pas la seule à être tendue.

— Il veut discuter. Il est un peu fâché que Jörmun ait pris l'initiative de me confronter. Et que j'aie riposté. Mais comme il n'est qu'un émissaire, il ne peut rien y faire.

— Il semble qu'il y ait des pots cassés à réparer des deux côtés.

Il eut un rire sans joie.

— Depuis dix ans, je cherche à venger mon père et à retrouver ma mère. Pour la première fois, ce n'est plus ce que je veux.

Je relevai la tête et le considérai, perplexe.

— Qu'est-ce que tu veux?

Il me fixa du regard et je détournai les yeux, mal à l'aise.

– Je veux finir mes études, dit-il. Je veux passer du temps avec toi.

La surprise m'empêcha de répondre. Je scrutai son visage pour comprendre ce qu'il ne disait pas. Une vague de chaleur se répandit dans ma poitrine. Rapidement suivie par la douche froide de la raison.

– Ce que tu as dit chez la Dame blanche, commençai-je. As-tu vraiment tué un millier de personnes?

Ses épaules se raidirent et il inspira bruyamment. J'avalai péniblement, convaincue que je n'aimerais pas la suite.

– Mon père était le chasseur par excellence. Il s'était lassé des proies habituelles. Il s'était mis à chasser d'autres prédateurs. Il a éliminé plusieurs Windigos, une des raisons pour laquelle il en reste si peu. Ses proies préférées étaient les créatures surnaturelles déviantes. Les véritables monstres. Ceux dont on raconte l'histoire pour faire peur aux autres monstres.

J'ouvris de grands yeux. C'était peu surprenant que les Windigos aient acquis une telle réputation. Le père de Karl s'était proclamé le croque-mitaine de la communauté surnaturelle. Il se passa une main sur le visage.

– À l'adolescence, les marques de mon père ont commencé à se faire sentir et exiger leur dû. Il y a une sorte d'équilibre à garder. Un peu comme un ratio de moutons pour un seul berger. J'avais trop de proies marquées et ça me nuisait.

Son regard chercha le mien et je retins un frisson. Entre supposer et savoir, la réalité était beaucoup moins agréable, mais je voulais avoir l'heure juste. Je fis de mon mieux pour masquer mon effroi, pour éviter qu'il ne maquille la vérité.

– J'ai tué ceux qui me semblaient les plus dangereux. Et j'ai trouvé le moyen de retirer la marque pour les innocents.

Mon souffle me quitta d'un coup sec. Le soulagement me donna un étourdissement passager et je clignai des yeux pour rajuster ma vue. Ce n'était pas un boucher, tuant à droite et à gauche, sans discrimination et avec la seule excuse que sa nature le poussait à le faire. Et plus important encore, il pourrait retirer la marque qui me liait à lui.

Prendre mes distances avec la meute serait bien inutile si j'étais toujours liée à un autre surnaturel. Il attrapa ma main dans la sienne.

– Je sais que la ligne est mince entre meurtre et justice, dit-il. Je comprendrais si tu ne pouvais pas réconcilier cette réalité...

Je secouai la tête, la gorge serrée. Même si j'approuvais ses choix, il ne pourrait jamais rien y avoir entre nous. Certains chercheraient à utiliser notre relation, comme le prouvait l'intervention du dragon. Et celle de Keiran. Pour les surnaturels, je n'étais qu'un pion. Mon attirance pour Karl ne justifiait pas à mes yeux que j'accepte de rester dans son ombre. J'allais devoir ruiner ses bonnes intentions.

– Jörmun a-t-il expliqué pourquoi il s'en prenait à toi? Ou avez-vous seulement échangé des coups après mon départ?

Karl fronça les sourcils à mon changement de sujet. Il secoua la tête et baissa les yeux vers ses mains.

– Je suis content que tu sois partie quand tu l'as fait. Je suis désolé de t'avoir entraîner dans le nid des vampires. C'était mal planifié de ma part.

Je me redressai et étendis mes jambes devant moi. Le soleil avait pris en vigueur et sa chaleur traversait mes vêtements. Je considérai mes prochaines paroles.

– Selon le dragon Visdom, Jörmun est convaincu que ton père a tué sa fille.

Karl se passa une main dans les cheveux, les mâchoires serrées.

— Mon père a tué beaucoup de gens.

Je l'arrêtai d'un geste de la main.

— Tu m'as dit que ton père n'a pas tué ta mère.

Il acquiesça, la confusion facile à lire dans son regard. J'avalai ma salive et poursuivis.

— La fille de Jörmun est donc encore vivante.

Ses yeux s'agrandirent sous le coup de la compréhension et son visage prit une expression horrifiée. Mon cœur se serra pour lui. Il bondit et se mit à marcher, les mains sur la tête.

Je lançai un regard en direction d'Alain qui était resté en retrait. Il avait les bras croisés et une tête d'enterrement. J'espérais que ce ne serait pas le mien. L'agitation de Karl était douloureuse à regarder. Je me levai et fis quelques pas vers lui. Il pivota à ce moment, les yeux flamboyants. Mes pieds se retrouvèrent cloués au sol. Avant de perdre tous mes moyens, je l'arrêtai d'un geste de la main.

— Ne me fais pas le coup du rugissement bestial.

Alain s'étouffa derrière moi. Karl ferma les yeux et se pinça le nez. Il expira avec force. Lorsqu'il rouvrit les yeux, ces derniers avaient repris leur apparence normale. Le soulagement me fit relâcher mon souffle.

— Tu me dis que le dragon serait mon grand-père, c'est bien ça?

— Et ta grand-mère était un Oiseau de feu, ou quelque chose du genre.

Il mit ses mains sur ses hanches et fit quelques pas, le regard rivé au sol. Il revint vers moi.

— Ça ne change rien.

Mon cœur se brisa en mille morceaux pour lui.

— Bien sûr, ça change tout. Ton père est responsable de la mort du Roi-Mage Sven. C'est probablement ce qui a attiré l'attention du dragon Terreur sur lui. Comme il avait perdu contact avec sa fille, il n'était probablement pas au courant qu'elle était en couple avec le Windigo. Imagine un peu, le dragon arrive pour rendre justice à son roi et il tombe sur sa fille.

La poitrine de Karl était agitée par sa respiration trop rapide. Ses poings se crispèrent à plusieurs reprises, mais il ne répondit pas.

— S'il n'est pas responsable de la mort de ton père, il sait peut-être qui l'a fait.

Il se passa une main sur le visage avant de secouer la tête.

— Je doute qu'il accepte de me parler.

— Ce n'est peut-être pas nécessaire. Avec ce que Visdom m'a dit, je suis presque sûre de savoir où est ta mère.

Karl, qui avait secoué la tête en m'écoutant, se figea. Son regard prit une lueur sauvage.

— Où? Où est-elle?

Au même moment, mon ventre se mit à gargouiller. Karl haussa un sourcil amusé et je lui répondis avec une grimace d'excuse.

— Elle peut y rester encore un moment, sauf erreur de ma part. Ce qui n'est pas garanti. Allons déjeuner, je t'expliquerai ma théorie. Et tu pourras trouver une solution au problème qui en découle.

Alain ricana. Il s'approcha de Karl et lui envoya une bonne tape dans le dos. Karl lui répondit d'un regard noir, mais le démon n'en fit pas de cas. Il se tourna vers moi.

— Ellie, je t'adore. Mieux vaudrait s'éloigner un peu du centre des congrès, si on veut éviter de trébucher sur des oreilles indiscrètes. Allez, les enfants, on rentre à la maison.

Karl secoua la tête, clairement frustré. Il sortit son smartphone de sa poche et je vis qu'il avait plusieurs notifications.

— Les Faoladh sont en mauvaise position avec la découverte d'un traître dans leurs rangs. Le duc a poliment suggéré que j'assiste aux discussions de la journée, si je tenais à leur sécurité. Je ne crois pas que la menace soit fondée, ou du moins, ce n'est pas de lui que les Faoladh doivent craindre des représailles.

Il me regarda à ces mots et ma gorge se serra. Ma famille était en danger et c'était en partie ma faute. Dans l'état actuel des choses, j'étais un témoin impuissant. Une fois de plus. Même si j'étais fâchée par leur manque d'honnêteté et leur contrôle constant sur ma vie, je ne pouvais pas rester sans rien faire. Il y avait bien une chose à laquelle je pouvais contribuer. Ma résolution se solidifia et je m'adressai à Karl.

— Si j'ai raison, et que ta mère se trouve bien là où je le pense, ça pourrait régler la plupart de nos problèmes.

Il fronça les sourcils. Alain me fit signe de poursuivre d'un geste impatient.

— Tes parents se sont rencontrés peu après l'assassinat du Roi-Mage Sven. Visdom dit qu'après leur rencontre, ton père a cessé de militer. Il en a peut-être parlé avec ta mère. Et elle était présente lorsque la Fille de Bleiddwn est venue au lac Carheil, au moment où ton père s'est fait tuer. Si ça se trouve, elle en sait assez pour identifier les dissidents.

Karl me considéra un moment avant de consentir d'un hochement de tête.

— De l'avis de tous, Keiran n'a pas agi seul, dit-il. C'était probablement un pion.

Mes lèvres se pincèrent en imaginant l'état général de la meute. Je ne comprenais pas comment Keiran avait pu trahir sa famille ainsi. Je regardai autour de moi, à la recherche d'une solution. J'étais décidé à leur venir en aide, mais je ne pouvais rien faire sur le plan politique. Ou peut-être que oui, finalement.

J'allais franchir une ligne et utiliser les sentiments de Karl à mon égard pour arriver à mes fins. Mais comme il y serait gagnant aussi, je ne voyais pas pourquoi il refuserait. Et face à des surnaturels aussi puissants, je n'avais d'autre choix que d'utiliser tous mes atouts. J'inspirai pour chasser le frémissement de nervosité qui me remontait le dos.

— Karl, je sais que tu ne voulais pas te mêler de politique. Mais si tu voulais bien siéger aujourd'hui pour garder les choses civiles, je pourrais vérifier si ma théorie à propos de ta mère tient la route.

Il échangea un regard avec Alain. Ce dernier acquiesça silencieusement. Karl reporta son attention vers moi.

— Je vais le faire. Non seulement pour toi, mais parce que c'est la bonne chose à faire. Par contre, ne mets pas ta vie en danger pour ma mère. Je veux la retrouver, mais je ne supporterais pas qu'il t'arrive quelque chose.

Je clignai des yeux à quelques reprises, surprise par sa ferveur. L'expression d'Alain devint embarrassée et il s'éloigna en direction de sa voiture. Mon regard alterna entre les deux hommes. J'ignorais comment réagir.

Mon cœur s'emballa dans ma poitrine. Ses paroles n'avaient probablement pas le sens que je leur attribuais. Je frottai mes mains sur mes cuisses pour les empêcher de trembler. Karl me fixait avec intensité dans l'attente de ma réaction. Finalement, je trouvai les mots pour l'apaiser sans me ridiculiser au cas où j'aurais tort.

— Je serai prudente.

Il avança vers moi et mit les mains sur le haut de mes bras. Sa bouche se pressa contre la mienne. La chaleur du soleil n'était rien en comparaison de ce qu'il dégageait. Je fermai les yeux et mes mains atterrirent sur ses hanches. Ses lèvres étaient à la fois douces et fortes. Elles demandaient plus qu'elles exigeaient et j'étais bien trop disposée à lui donner tout ce qu'il voulait.

Le baiser se termina aussi vite qu'il avait commencé. Il recula d'un pas et tourna les talons. Je restai figée sur place tandis qu'il marchait d'un pas décidé vers le centre des congrès. Toutes pensées cohérentes m'avaient quittée. J'eus quelques instants d'euphorie avant de complètement angoisser. C'était une catastrophe.

J'espérais de toutes mes forces qu'il n'y voyait rien de sérieux. Je n'arrivais même pas à prendre mes distances avec la meute et voilà que j'entrevoyais la possibilité d'une relation avec le Windigo. Je rattrapai mon imagination galopante et la mis au pas.

Karl serait inévitablement amené à s'impliquer sur la scène politique, ne serait-ce que pour le futur immédiat. Être en couple avec lui signifierait être sous les projecteurs de la communauté surnaturelle.

Comme humaine, je serais vulnérable. Pire, inutile. Je secouai la tête. J'allais devoir mettre un frein à cette débâcle avant que je ne figure au tableau des dommages collatéraux. Ou alors je m'emballais pour absolument rien et Karl n'y voyait qu'un divertissement agréable. Un mal de tête se pointa le bout du nez et s'installa. Probablement le manque de sommeil. Je me frottai les tempes avec un soupir.

Mon regard se porta sur les alentours. Alain était quelques rangées plus loin, appuyé contre le coffre de sa voiture. Il semblait absorber par l'étude du trafic sur le boulevard. Mon visage se mit à picoter. Une sensation de chaud fit place à des sueurs froides et je dus inspirer à plusieurs reprises.

C'était ça ou me sauver en courant. Et la deuxième option n'avait rien d'attirant. Personne ne me remercierait de ma lâcheté et ma famille en souffrirait assurément.

Je serrai les poings et avançai d'un pas ferme jusqu'au démon. Remarquant mon approche, il se tourna vers moi et m'offrit un sourire neutre. J'hésitai un instant à mentionner l'état de la situation avec Karl. Au final, j'ignorais à quel point les deux étaient proches. Je préférais ne pas mettre Karl dans l'embarras et m'épargner une discussion pénible. Je m'éclaircis la gorge.

— Connais-tu la Dame blanche?

Il haussa les sourcils et se redressa, surpris par le changement de sujet.

— Oui. La dernière fois que je l'ai vu, c'était il y a vingt ans, un peu avant de trouver Karl. Je sais qu'elle est dans la région de Québec. Mais c'est le genre de surnaturels que j'évite de côtoyer. Trop vindicative.

Je hochai la tête.

— Ça serait logique, si ma théorie tient la route.

Il fronça les sourcils.

— Qu'est-ce que tu veux dire?

— Hier, la Dame blanche a offert à Karl de le transformer en cheval-bâtisseur. Elle était passablement insultée par son refus.

Il fit une grimace dégoûtée.

— Elle a effectivement la manie d'envoûter les créatures démoniaques ou maudites et de les asservir. Ce n'est pas une existence que je souhaite à quiconque. C'est aussi une autre raison de l'éviter.

Je considérai sa réticence à la lumière de mon idée. Alain n'était peut-être pas la bonne personne pour m'aider vu qu'il était un démon et donc vulnérable aux enchantements de la Dame blanche. Le choix lui appartenait de m'aider ou non. Je poursuivis mon explication.

— Karl m'a dit que la Dame blanche était une princesse Fae en exil. Elle est devenue une Banshee seulement après avoir tenté de s'enlever la vie.

Il acquiesça, l'air perplexe. Je poursuivis.

– Visdom m'a raconté que la mère de Karl était à la cour des Faes et qu'elle a suivi une princesse en exil. Combien de princesses Fae ont été exilées en Amériques?

Il ouvrit de grands yeux et se frotta la mâchoire.

– Une seule, effectivement. La fille du dragon faisait donc partie de l'entourage de la Dame blanche. Elle sait peut-être où est la mère de Karl.

– C'est en raison d'une peine d'amour que Mathilde s'est jetée en bas de la chute Montmorency. D'après moi, elle a voulu épargner cette fin à sa meilleure amie. Elle a dû croire que le meurtre du père de Karl la pousserait au désespoir, comme ça avait été le cas pour elle.

Alain me considérait avec un regard horrifié. Il avait compris où je voulais en venir. J'ouvris les mains.

– C'est une théorie basée sur des informations entrecoupées. Par contre, ce que je sais de première main, c'est qu'il y avait un cheval-bâtisseur très agité lors de notre visite. La Dame blanche l'a appelé Gidéon. Mais Gidéon était une jument.

Je n'y connaissais pas grand-chose en chevaux, mais j'avais déjà écouté un film avec une amie dont c'était la passion. Elle avait tempêté chaque fois que le cheval était doublé par un animal du mauvais sexe. Comme mon manque de connaissances l'avait offusquée, elle avait pris beaucoup de peine pour souligner les différences.

Le démon se passa une main sur la bouche.

– C'est effectivement louche, mais pas une preuve en soi.

Je croisai les bras. Ma théorie tenait à peu de choses, mais les coïncidences étaient trop nombreuses. Tout me portait à croire que Visdom était arrivé aux mêmes conclusions sans pouvoir y remédier. Et envoyer Jörmun chez la Dame blanche aurait été le summum de la stupidité. Mais Alain avait plus à y perdre que moi.

– Ça vaut la peine de vérifier. Je comprends si tu ne veux pas venir.

Il m'interrompit d'un geste de la main.

– Je n'ai pas peur d'elle. Si on doit en arriver là, je suis capable de la tenir à distance le temps qu'on batte en retraite.

Je grimaçai à l'idée d'une confrontation avec une aussi puissante enchanteresse. Et sur son propre terrain. À l'idée d'aller chez elle, la répulsion me souleva l'estomac, preuve que le *geis*[10] était à l'œuvre. Avec les créatures surnaturelles, les paroles avaient une valeur bien différente. Et un marché avait le pouvoir de lier la volonté de celui qui l'avait passé.

– Le problème, c'est que je ne peux pas y aller directement. L'entente que nous avons conclue avec elle stipule que nous devons honorer sa solitude.

Il pencha la tête sur le côté. Ses lèvres s'étirèrent dans un sourire calculateur.

– Elle n'est pas seule, si la mère de Karl est avec elle. N'est-ce pas? Nous devrions lui rendre service et l'en débarrasser.

Je testai le concept. En formulant l'idée de cette façon, je n'éprouvais rien de particulier, aucun malaise. J'acquiesçai et rendis son sourire à Alain. Un doute me fit froncer les sourcils.

– Si j'ai raison et qu'on trouve la mère de Karl chez la Dame blanche... Sais-tu comment inverser le sort qui l'a transformée en cheval-bâtisseur?

Il grimaça.

– Ce n'est pas un sort, c'est un enchantement.

J'écartai les mains pour indiquer mon ignorance.

---

[10] Un interdit ou une injonction qui se pose sur autrui généralement, mais pas exclusivement, par la parole dont l'infraction ou le non-respect entraîne des conséquences catastrophiques.

– Les Faes, tout comme les démons et les élémentaux ont une affinité à un élément ou un autre. C'est généralement ce qui définit la nature de nos pouvoirs. Vu que sa transformation en Banshee s'est faite dans une chute, j'aurais tendance à dire que la Dame blanche a une affinité avec l'eau.

– Zhar est une créature de feu. Est-ce que ça change quelque chose?

Il haussa les épaules, les lèvres pincées.

– Je l'ignore. Il faudrait trouver quelqu'un qui s'y connaît bien avec la magie de l'eau.

Je lançai un coup d'œil en direction du centre des congrès. Il était plein à craquer de créatures surnaturelles, mais je n'avais pas vraiment envie de faire appel à l'une d'elles.

– Les monstres marins? demandai-je.

Alain pencha la tête sur le côté et considéra mon idée.

– C'est possible. Memphré est venu en aide à Karl hier. Il serait peut-être disposé à répondre à nos questions. Mais vu sa nature discrète, je doute qu'on le trouve en criant son nom dans les corridors de l'hôtel.

Je sortis mon smartphone et envoyai un message texte à Bridget.

« Où les Saulteux ont-ils élu résidence pour leur séjour dans la région? »

Les petites créatures aquatiques cohabitaient généralement à proximité des monstres marins. Leur relation s'apparentait à celle des poissons-pilotes avec les baleines. Elles profitaient du sillage du monstre et les autres prédateurs les laissaient tranquilles. La réponse de Bridget me parvint rapidement.

« Ne t'approche pas des Saulteux. »

Je roulai des yeux, exaspérée.

« Justement, je veux aller me baigner. Je veux savoir quel endroit éviter. »

J'ajoutai quelques emojis pour dénoter le sarcasme de mes propos. Elle me renvoya un bonhomme qui tirait la langue.

« Ils sont aux chutes de la Chaudière. Donne-moi une minute et je vais trouver quelqu'un pour t'accompagner. »

« Ce ne sera pas nécessaire. Merci quand même. »

« Sois prudente. »

Je montrai la réponse à Alain.

– Je n'ai pas mon maillot de bain, dit-il.

Je haussai un sourcil.

– Je ne regarderai pas, promis.

Il éclata de rire et me fit signe de le précéder vers la voiture.

Chapitre 18

Devant l'insistance d'Alain, j'embarquai avec lui. J'étais trop agitée par notre plan pour me concentrer de toute façon. Je regardai le paysage sans le voir. Je ne pouvais pas m'empêcher de penser à Karl. J'espérais que la suite des discussions serait moins mouvementée que ce matin. Avec un peu de chance, la mort de Keiran en aura calmé quelques-uns.

Alain prit la bretelle d'autoroute qui menait au parc des chutes de la Chaudière et stationna la voiture sous les arbres. C'était une longue fin de semaine, avec le congé de la fête du Travail et jumelé au beau temps, l'endroit était déjà bien fréquenté. Ses lunettes de soleil en place, Alain me fit signe de le précéder.

Je traversai le stationnement en direction du sentier. Les marches qui menaient au bas des chutes étaient assez larges pour que nous descendions côte à côte. La vue du haut du pont suspendu était imprenable, mais je doutais qu'on y trouve les Saulteux. Nous avions plus de chances de mettre la main sur eux dans une fosse ou une mare au pied de la chute.

L'air était plus frais à l'ombre des arbres et un frisson me remonta les bras. Je regrettai de ne pas avoir pris le temps de trouver une veste. J'accélérai le pas dans les marches pour me réchauffer.

Plus nous approchions du bas du sentier et plus le bruit de la chute était fort. Il n'y avait pas eu de pluie depuis plusieurs jours, aussi je savais que le débit était plus faible qu'à d'autres périodes de l'année.

En haut, le courant se séparait en cinq ou six chutes plus petites au lieu de couvrir toute la paroi rocheuse. Le niveau de la rivière était bas et les pêcheurs devaient s'avancer sur les rochers pour atteindre l'eau. J'observai les berges et tentai de repérer un endroit moins fréquenté.

Le vent m'apporta une bouffée d'embruns et me fit détourner la tête. Je suivis le sens du courant avant de m'approcher de l'eau. Les roches humides m'obligeaient à modérer ma vitesse. Leur couleur alternait entre le gris et une teinte rougeâtre. Alain me suivait sans mots, à l'affût du moindre mouvement suspect.

Au détour d'un affleurement en dents de scie, je sursautai à la vue d'un vieil homme. J'aurais dû le voir bien avant. J'hésitai, incertaine si c'était de l'inattention de ma part ou une intervention magique. Il releva la tête et me sourit.

Un chapeau à larges rebords protégeait sa tête. Il tenait une canne à pêche et sa ligne traînait dans le courant. J'avais vu Memphré de loin seulement et j'aurais été incapable de le reconnaître. Je me serais pourtant attendu à quelqu'un de plus jeune.

Je lui rendis son sourire et approchai.

— Dites-moi, avez-vous entendu des voix d'enfants? Je cherche mes neveux.

Le pêcheur agita un doigt dans ma direction.

— Ce ne sont pas plutôt des Saulteux que tu cherches, Ellie?

Je reculai d'un pas et Alain apparut à mes côtés. J'optai pour la prudence.

— Est-ce qu'on se connaît?

Le vieil homme fit une moue et haussa les épaules. Il se détourna et s'affaira à ramener sa ligne.

— Tu as sûrement entendu parler de moi. Pour ma part, je connais tout le monde.

Alain croisa les bras.

— De véritables commères, ces monstres marins. Lequel êtes-vous dans ce cas? demanda-t-il.

Le pêcheur lui sourit de toutes ses dents. Elles semblaient un peu trop nombreuses et acérées. Je frissonnai malgré le soleil.

– J'ai aidé votre ami hier, j'imagine que c'est la raison pour laquelle vous me cherchez.

J'échangeai un regard avec Alain avant d'acquiescer. C'était bien Memphré. Le vieil homme imita notre hochement de tête.

– C'est logique. Nous, monstres marins, sommes les encyclopédies du monde surnaturel. Que voulez-vous savoir?

– Vous allez nous aider? demandai-je, surprise.

C'était un peu trop facile. Memphré lança sa ligne et sourit à la rivière.

– Je n'ai pas dit ça. Mais je suis curieux de savoir ce qui vous préoccupe.

Alain montra les dents.

– Je croyais que les encyclopédies du monde surnaturel étaient les ménestrels, dit-il.

Le monstre marin lui envoya un regard dédaigneux.

– Ils mettent les mots en chanson ou sur papier. C'est le seul mérite qu'ils ont.

Mon regard alterna entre le démon et Memphré. C'était la première fois que j'entendais cet argument, mais il ne semblait pas dater d'hier. Je coupai court à leur échange.

– Si vous êtes le dépositaire de tout savoir, vous devez pouvoir nous aider. Comment annule-t-on un enchantement fait par une créature de l'eau sur une créature du feu?

Le monstre marin me considéra en silence un long moment. J'entendis des caquètements dans l'eau et cherchai l'origine du bruit. Memphré agita la main, comme pour chasser des moustiques.

– Allez-vous-en. Elle ne vous servira pas de déjeuner.

J'entendis des piaillements courroucés, puis des éclaboussements. L'eau autour des rochers s'agita, sans pour autant que je vois les petites créatures. J'ignorais si Alain pouvait déjouer leur glamour. Pour les voir, j'aurais été obligée d'utiliser la caméra de mon smartphone, mais je doutais que Memphré apprécie.

— Il y a plusieurs façons de rompre ce type d'enchantement, dit-il. Traverser un cours d'eau dissipe la plupart des magies. Vous pourriez immerger la victime dans une rivière.

Je me frottai la nuque.

— Disons que la seule source d'eau à proximité soit un tuyau d'arrosage, est-ce suffisant?

Memphré me jeta un regard peiné et Alain étouffa un rire. Je haussai les épaules, à court d'idées.

— Vous pourriez demander à un pratiquant des arts occultes de désenchanter la victime, ou plus largement, l'endroit où se trouve la victime. Ou alors, demandez à un prêtre de la bénir.

Je me tournai vers Alain et il fit une moue peu convaincue. J'étais du même avis. Moins nous étions de personnes impliquées, mieux c'était. Memphré nous observait avec attention.

— Qui tentez-vous de libérer?

L'habitude me poussait à ne pas partager l'information. Mais s'il connaissait tout et tout le monde, il serait en mesure de tirer ses propres conclusions.

— Le Zhar-ptitsa, l'Oiseau de feu.

Le regard de Memphré alterna entre Alain et moi. Il ouvrit de grands yeux.

— Selon vous, l'Oiseau de feu serait la victime d'un enchantement par une créature de l'eau?

J'acquiesçai. Il déposa sa canne à pêche et frotta ses mains ensemble, le regard fixé sur la chute.

— Le Zhar-ptitsa est trop puissant pour être contrôlé par l'eau. L'enchantement ne doit pas tenir à grand-chose. Avec un peu de volonté de sa part, l'Oiseau devrait pouvoir se libérer.

Le monstre marin fronça les sourcils et reporta son attention sur nous.

— La plupart des enchanteurs utilisent un objet ou une relique pour consolider leur emprise sur un être vivant. L'eau, aussi bien que le feu, devrait révéler cette ancre. Votre tuyau d'arrosage pourrait servir, en fin de compte.

— Alors on douche la victime, et ensuite quoi? On doit convaincre le Zhar-ptitsa de se libérer lui-même?

Il haussa les épaules.

— La vengeance, l'argent, l'amour. Vous devriez pouvoir trouver quelque chose pour le motiver. Il aura sûrement besoin d'aide pour détruire l'ancre, mais il devrait y arriver.

Il reprit sa canne et lança sa ligne à l'eau.

— Vous pourriez aussi proposer un échange à la Dame blanche.

Je lançai un regard surpris vers Alain avant de reporter mon attention sur le vieil homme. Il m'offrit un regard innocent et écarta les mains.

— C'est la seule enchanteresse assez puissante pour assujettir une créature aussi farouche.

Il pointa Alain du menton.

— La Dame blanche serait sûrement contente d'ajouter un démon d'air à sa collection.

Le démon en question lui envoya un regard mauvais.

— J'en prends bonne note, dit-il.

Il me fit signe de la main et tourna les talons. Mon regard alterna entre les deux créatures surnaturelles.

— Votre aide est très appréciée.

Memphré leva son chapeau en guise de salut et reporta son attention sur l'eau. Je me dépêchai de rattraper Alain. Ce dernier maudissait tous les lacs de la province à voix basse. Je m'éclaircis la gorge.

– Est-ce que c'est suffisant pour monter une mission de sauvetage et débarquer à l'improviste chez la Dame blanche?

Il se passa une main sur le visage.

– Je peux demander une faveur à un ami, pour qu'il l'attire loin de chez elle. Ça nous donnerait le champ libre pour vérifier que c'est bien Zhar.

Je me concentrai sur mes pas pour négocier les roches inégales. Le grondement de la chute reprit en volume au fur et à mesure que nous nous rapprochions. Il s'arrêta aux pieds des marches et se tourna vers moi.

– Si je me fie à ce que Karl me racontait quand je l'ai recueilli, Zhar était une bonne mère. On devrait être capable de la motiver à se libérer en lui disant que son fils a besoin d'elle.

Mon cœur se serra à l'idée d'un Karl à peine âgé de cinq ou six ans, arraché à sa famille par la violence, tout comme je l'avais été. S'il avait une chance de retrouver sa mère, j'allais tout faire pour l'aider.

– D'accord. Allons doucher un cheval.

Chapitre 19

La remontée des marches prit un certain temps en raison du nombre de touristes. J'espérais que Memphré garderait le contrôle des Saulteux et que personne ne servirait de repas. Une fois dans l'auto, Alain passa un coup de téléphone. L'échange me sembla plutôt décousu, mais il raccrocha satisfait.

Le trafic était déjà beaucoup plus dense et la traversée de la ville prit une trentaine de minutes. Une fois de retour en banlieue, Alain prit de la vitesse et s'amusa à dépasser les voitures plus lentes. Je fermai les yeux à quelques reprises. Par chance, il ne croisa aucune patrouille automobile. Certaines de ses manœuvres auraient pu lui coûter son permis.

Une fois passé Pont-Rouge, Alain ralentit. Nous étions encore à une bonne distance de la propriété de la Dame blanche lorsqu'il s'engagea dans l'entrée d'une maison isolée sur la route principale.

Il n'y avait aucune autre voiture en vue et l'endroit semblait inoccupé pour le moment. Je lui jetai un regard interrogateur. Il ouvrit sa portière et me fit signe de le suivre. L'entrée était en gravier et se rendait jusqu'à l'arrière de la maison. Au fond du terrain, une balançoire oscillait dans le vent. Rassurée par le calme apparent, je descendis de l'auto et le suivis. Il contourna la maison et s'arrêta le long de la véranda arrière.

Un aboiement me fit sursauter.

Un chien sortit d'une niche à toute vitesse. Il arriva rapidement au bout de sa chaîne, incapable de nous atteindre. Il aboya de frustration et sauta à plusieurs reprises. Je reculai et mis une main sur mon cœur pour essayer de calmer ses battements.

Alain se pencha vers l'animal et lui montra les dents. L'espace d'un instant, ses yeux rougeoyèrent, comme éclairés de l'intérieur. Le chien se plaqua au sol avec un gémissement pathétique. J'eus un élan de sympathie pour la pauvre bête. Nous étions toutes les deux désavantagées face à des créatures beaucoup trop dangereuses.

Satisfait que le silence soit revenu, Alain grimpa les marches de la galerie et attrapa une vieille chaise de bois. Il revint vers moi et la déposa entre nous. C'était un modèle carré avec un dossier droit, le bois patiné par les intempéries. Il m'invita à m'asseoir d'un geste de la main tandis que je l'observais avec suspicion.

– Qu'as-tu l'intention de faire avec ça?

– Je suis un démon de l'air. Je fais voler des choses. Les objets de bois, comme les balais et les canots, sont plus faciles à utiliser. Le bois est mort, mais il a déjà été vivant. Ça lui donne le potentiel nécessaire pour recevoir l'énergie magique.

Devant mon manque de réaction, il s'impatienta.

– D'habitude, je demande une âme en échange. Estime-toi chanceuse que je te l'offre sans condition.

Mon rythme cardiaque s'affola à l'idée de ce qui allait suivre.

– Je suis flattée. Mais un peu inquiète.

Il leva les yeux au ciel et soupira. Sa main attrapa mon coude et il me fit prendre place sur la chaise.

– Je garantis ta sécurité. Satisfaite?

Il se désintégra en volutes de fumée sans attendre ma réponse. Sa silhouette se dissipa et la fumée se mit à tourbillonner autour de la chaise. J'étouffai un cri lorsque celle-ci prit son envol.

Mes mains agrippèrent le siège et mes pieds cherchèrent un appui avant de heurter un barreau. La panique menaça de me submerger. Le chien se releva et aboya à quelques reprises avant de retourner vers sa niche. Bientôt, nous avions pris assez d'altitude et la chaise se mit à survoler la forêt en direction de la propriété de la Dame blanche. Le vent me coupait le souffle et mes cheveux s'agitaient dans tous les sens.

La voix gutturale d'Alain me fit sursauter. Elle semblait provenir de tout autour de moi.

— Les enchantements d'invisibilité ne fonctionnent pas du haut des airs. Elle ne pourra pas se cacher à notre vue, tandis que nous resterons occultés.

J'agrippai la chaise un peu plus fort, incapable d'ouvrir la bouche pour répondre. Sous mes pieds, je reconnus la maison de la Dame blanche. La porte de l'écurie était ouverte, mais je ne voyais personne. Alain continua sa progression vers l'arrière. Le manège et les enclos de mise en liberté semblaient tous inoccupés.

— Allons voir. On dirait qu'il n'y a personne à part les chevaux-bâtisseurs.

La chaise perdit graduellement de l'altitude et je fermai les yeux. Mon estomac remonta dans ma gorge et j'inspirai par le nez de façon méthodique pour éviter d'être malade. Finalement, les pattes de la chaise touchèrent le sol. Je sautai sur mes pieds, soulagée. Alain se matérialisa à mes côtés et le siège se fendit dans un craquement sec. Il considéra la chaise d'un œil critique.

— Je vais devoir trouver autre chose pour revenir.

Je fixai les morceaux de bois avec horreur avant de lancer un regard accusateur à Alain. Il haussa les épaules et prit la direction de l'écurie. Après une profonde inspiration pour me calmer, je portai mon attention sur les environs. Nous avions atterri sur le côté de l'écurie. Rien ne semblait avoir changé depuis hier.

Un grincement attira mon attention et me fit tourner vers le garage. La porte de côté venait de s'ouvrir. J'allais avertir Alain, mais la surprise m'arrêta. Une dizaine de silhouettes sortaient du bâtiment. Leur stature était visiblement masculine, mais il leur manquait la tête pour le confirmer.

Malgré la clarté du jour, une sorte de lueur verdâtre les entourait. Les planches du bâtiment derrière eux étaient visibles au travers de leur forme spectrale. Les hommes sans tête se placèrent en éventail et avancèrent de front vers nous. Une décharge d'adrénaline me traversa de la tête aux pieds.

– Alain?

Il dut entendre la panique dans ma voix, car il pivota immédiatement. Je l'entendis jurer à voix basse.

– Des gardiens.

Je reculai de quelques pas, le cœur battant à tout rompre. Les hommes sans tête avançaient d'un pas cadencé, mais lent. Alain me rejoignit, une pelle de métal à la main. Je regardai derrière moi dans l'espoir d'en voir une autre, sans succès. Je n'avais pas très envie d'affronter les créatures à mains nues. La chaise.

J'attrapai le dossier et le soulevai comme une batte de baseball.

– Que sont-ils? Des spectres ou des morts-vivants?

Il haussa les épaules.

– Un peu des deux. La Dame blanche a dû les exécuter et les enterrer sur la propriété.

La panique fit monter ma voix de quelques octaves.

– Comment est-ce qu'on tue quelque chose qui est déjà mort?

La fuite me semblait préférable à un affrontement. Sauf qu'ils étaient entre nous et l'allée qui menait à la route. S'ils gardaient le terrain, le fait de sortir du périmètre devrait nous en débarrasser, en théorie.

Derrière le manège s'étendait la forêt jusqu'à la propriété où Alain avait laissé sa voiture. J'ignorais quelle distance ça pouvait représenter. L'idée de courir dans les bois sans savoir où j'allais n'avait rien d'attrayant.

Alain leva les mains devant lui. Le vent s'intensifia et des tourbillons de poussière se formèrent devant nous.

– Entre dans l'écurie et essaie l'eau. Je vais les garder à distance.

Mes cheveux me fouettaient le visage et je les repoussai d'une main. Je courus jusqu'au bâtiment et soupirai de soulagement une fois à l'abri. Dehors, les hommes sans tête tournaient en rond devant une série de petites tornades.

La poussière obscurcirait le ciel et l'intérieur de l'écurie était plongé dans la pénombre. Je passai une main sur le mur et actionnai l'interrupteur. Une série de néon illumina l'allée. Quelques chevaux s'ébrouèrent et l'un d'eux hennit.

Je me dirigeai vers le box de Gidéon. Il me regarda approcher avec les oreilles dressées et la tête haute. J'avalai péniblement, impressionnée malgré moi.

Même en sachant que c'était peut-être la mère de Karl, il était hors de question que j'entre dans le box. Je pivotai et trouvai le tuyau d'arrosage que j'avais vu à ma première visite. Il était enroulé sur un support quelques mètres plus loin. La longueur devrait être suffisante pour arroser le cheval à partir de l'allée. Je pris une bonne inspiration et rassemblai mon courage.

– Es-tu Zhar, la mère de Karl Bragason, la compagne du Windigo? La fille de l'Oiseau de feu et du dragon Terreur?

L'animal s'ébroua et tourna en rond dans son box. Je lançai un regard désespéré vers l'extérieur. J'aurais bien aimé qu'Alain soit présent pour m'aider. Je fis un pas vers le box.

– Karl a besoin de toi. Je suis venue t'aider pour que tu te libères de l'enchantement.

Les oreilles du cheval se plaquèrent contre sa crinière. Je pouvais voir le blanc tout autour de ses yeux. Ne sachant pas comment interpréter son comportement, je me dirigeai vers le tuyau d'arrosage.

Alors que j'allais mettre la main sur le robinet, le cheval rua à répétition dans les murs. Toutes les ampoules de l'allée éclatèrent en même temps. Des étincelles fusèrent en tous sens. Je sursautai et protégeai ma tête avec mes bras. Près de la porte, une balle de paille commença à fumer. J'étais figée de surprise, incapable de réagir. La vue des premières flammes me fit l'effet d'un coup de fouet.

Je courus jusqu'au mur et attrapai le tuyau. Les mains tremblantes, je tentai de le dérouler et d'ouvrir l'entrée d'eau en même temps. La vanne refusait de bouger. Ma poitrine allait exploser tellement mon cœur battait fort. Le feu avait pris de l'ampleur et le dessus du ballot flambait. Je tirai plus fort et la pièce de laiton me resta dans les mains.

Horrifiée, je me tournai vers l'entrée de l'écurie. Avec ce vent, les flammes avaient déjà englouti toute la paille. Des bulles commençaient à apparaître sur la peinture du mur sous l'effet de la chaleur.

La seule autre source d'eau à proximité, à ma connaissance, était l'évier dans la cuisinette. Même si je trouvais un seau, cette option n'était pas viable. Je pivotai sur moi-même. Vu la paille, la litière dans les box et tout le bois environnant, l'écurie allait flamber avant que les secours arrivent. La panique obscurcit momentanément ma vision. Je me tournai vers l'énorme cheval noir en désespoir de cause.

– Zhar, fais quelque chose! Tu contrôles le feu, c'est ton élément.

Le feu se propagea au cadre de porte et au mur. La chaleur m'obligea à reculer. Trop tard pour ouvrir la porte de son box. Je me tournai vers le box suivant et le cheval qui s'y trouvait. J'attrapai la poignée et fis glisser le verrou. Je dus m'y reprendre à deux fois tant mes mains tremblaient. Je poussai la porte sur son rail pour permettre au cheval de sortir.

L'animal ne se fit pas prier et bondit dans l'allée. Le claquement de ses sabots résonnait dans mes oreilles tandis que je courais jusqu'au prochain box. Le cheval suivant l'imita et galopa jusqu'à la sortie.

Une fois toutes les portes ouvertes, je m'arrêtai sur le seuil. À l'extérieur, les chevaux s'étaient regroupés à la limite de la forêt. Certains trottaient en cercle et agitaient la tête tandis que d'autres broutaient l'herbe, insensibles au drame qui se déroulait.

Je me tournai vers l'intérieur du bâtiment. Zhar y était encore. Je mis la manche de mon pull sur ma bouche pour éviter de respirer la fumée. Impossible de voir jusqu'à l'autre bout. Les larmes me montèrent aux yeux. Je ne pourrais jamais l'atteindre dans ces conditions.

Alors que j'allais abandonner, l'allée s'illumina d'un jaune intense. Je m'éloignai du bâtiment, de crainte que ce soit un embrasement soudain. La lueur prit une forme humaine et s'avança vers moi. Je plissai des yeux pour mieux distinguer ses traits, mais c'était peine perdue.

La prudence et la peur me firent reculer jusqu'à la clôture de l'arène. Finalement, une femme tituba en dehors du bâtiment. J'inspirai brusquement, n'osant pas croire à ma chance. Elle tomba à genoux dans la poussière et je m'élançai, les mains tendues. La chaleur qui en émanait était si forte que je dus m'arrêter avant de la toucher. Je m'agenouillai devant elle et tentai de croiser son regard.

– Zhar?

Elle releva la tête. Ses yeux étaient rougeoyants, non sans rappeler ceux de son fils. J'avalai péniblement et dus résister à l'envie de mettre de la distance entre nous. Même mal en point, elle dégageait une aura de pouvoir. Elle murmura quelque chose.

– Quoi?

Elle s'éclaircit la gorge.

– Sarah.

– C'est ton nom?

Elle acquiesça, la tête penchée vers l'avant. J'hésitai encore à la toucher lorsqu'elle se retourna et s'étendit sur le dos, le regard fixé vers le ciel. Ses cheveux formaient un éventail entremêlé autour de sa tête. Ils étaient du même jaune que l'or, avec des reflets blancs. Je n'avais jamais vu une telle couleur.

Sa peau était pâle, mais difficile de dire si c'était sa teinte naturelle ou un manque d'exposition au soleil. Debout, elle devait être aussi grande que Karl, avec la même silhouette élancée. Un craquement sonore attira mon regard vers l'écurie. La structure ne tarderait pas à lâcher. Et cette catastrophe était en partie de ma faute. Je baissai les yeux vers l'autre responsable.

– On devrait partir, avant que la Dame blanche ne revienne.

Elle me jeta un regard vide. Je tentai de la sortir de son apathie.

– Karl a besoin de ton aide.

Elle secoua la tête lentement. Je me relevai et frottai mes mains sur mes pantalons.

– Quelqu'un essaie de tuer la lignée des Roi-Mages. Le Windigo, le père de Karl, est probablement mort à cause des dissidents. Karl a besoin de savoir qui ils sont. Son ignorance pourrait lui coûter la vie.

Ses yeux me regardaient fixement, mais j'ignorais si elle avait compris mes paroles. J'allais faire une nouvelle tentative pour la convaincre lorsqu'elle prit la parole. Sa voix était enrouée et faible.

– Les Faes. C'était les Faes.

Je restai interdite. Les Faes avaient tué le Windigo? Ou les dissidents étaient des Faes? Les événements de ce matin me revinrent en mémoire. Un des Faes avait tranché la gorge de Keiran. Avait-il voulu couvrir ses traces?

La Dame blanche était une Fae, mais elle avait été exilée. Je doutais qu'elle ait travaillé avec d'autres Faes pour nuire au Roi-Mage. La captivité de Sarah n'avait peut-être rien à voir avec la mort du Windigo. Mes connaissances étaient trop superficielles pour dénouer les relations entre les différents acteurs.

Une partie de l'écurie s'effondra dans un grondement sonore et interrompit mes réflexions. Un vent brûlant me fouetta et je me retournai pour protéger mon visage. Sarah soupira de soulagement. On pouvait entendre des sirènes au loin. Ce n'était pas surprenant vu la colonne de fumée qui s'élevait du brasier. Les voisins avaient dû appeler les services d'urgence.

— Il faut partir. Allons trouver Alain. Il pourra nous amener à Karl.

Elle secoua la tête à nouveau.

— Je ne peux pas. Pas maintenant.

Elle se leva avec difficulté. Je tendis la main pour l'aider, mais elle recula et faillit perdre l'équilibre. Je m'écartai d'elle, surprise. Elle se redressa, les mains entre nous pour m'empêcher d'approcher.

— Bientôt, dit-elle.

Elle renversa la tête vers l'arrière, ses cheveux agités par le vent. Elle écarta les bras et son corps se mit à luire de la même couleur que le brasier. Les larmes me montèrent aux yeux sous l'intensité de la lumière. Je levai une main pour les protéger et reculai.

Entre mes doigts, je la vis se transformer en oiseau incandescent. Sa tête était ornée d'une longue crête et d'un bec court et crochu. Elle avait le cou sinueux d'un cygne. Ses ailes déployées étaient aussi longues qu'un cheval du nez à la croupe. La queue ressemblait à celle d'un paon avec de longues plumes dont la couleur passait du jaune à la racine jusqu'au rouge à la pointe. J'étais incapable de détourner le regard, fascinée par sa beauté.

L'Oiseau de feu émit un cri perçant avant de battre des ailes et de disparaître au-dessus des arbres. Son absence me laissa un vide dans la poitrine et j'avalai péniblement. Un point lumineux attira mon attention.

Une plume était tombée et planait doucement jusqu'au sol. Un des chevaux l'avait vu et galopait dans ma direction. Mon coeur se mit à battre à tout rompre. Il me fallait cette plume.

Comme j'étais plus près, je m'élançai et l'attrapai la première. La plume était tiède au toucher et le chatoiement des couleurs était captivant. Je sursautai lorsque le cheval se cabra à quelques mètres de moi et hennit sa frustration. La plume m'avait complètement fait oublier le reste.

Une petite tornade lui avait bloqué le chemin. Je soupirai de soulagement et cherchai Alain des yeux. Il avait fait le tour des décombres et courrait à ma rencontre, les hommes sans tête sur ses talons. Il me plaqua une pelle sur la poitrine, hors d'haleine.

– Vite, enfourche-la.

J'eus à peine le temps d'attraper le manche en bois qu'il se dématérialisait. C'était à mon tour de prendre mon envol.

Chapitre 20

Le retour jusqu'à la voiture se fit en rase-mottes des arbres. À l'atterrissage, mes pieds heurtèrent le sol et je roulai dans l'herbe. La pelle me heurta les côtes et je tournai sur le côté pour m'en dégager. Mes mains étaient douloureuses d'avoir agrippé le manche et la plume.

J'allais donner ma façon de penser à Alain, mais son air épuisé m'arrêta. Il était à quatre pattes, la tête basse, incapable de reprendre son souffle. L'exploit ne semblait pas avoir été plus agréable pour lui que pour moi. Je coinçai la plume dans la ceinture de mon pantalon et refis ma queue de cheval. Après un regard circulaire, je cachai la pelle derrière un tas de bois de chauffage au fond du terrain. À mon retour, Alain état assis, le teint pâle. Je tendis la main.

– Donne-moi tes clés, c'est moi qui conduis.

Il acquiesça sans mots. Comme il ne bougeait pas, je mis une main sous son coude et l'aidai à se relever. Lorsque je le lâchai, il tituba à quelques reprises, comme si ses jambes n'arrivaient pas à le porter. Je repris son bras et l'accompagnai jusqu'à la voiture.

Une fois assis, il appuya sa tête et ferma les yeux. J'hésitai à lui poser des questions. L'inquiétude me tenaillait, mais bon nombre de créatures surnaturelles n'aimaient pas parler de leurs capacités. Ce n'était pas le moment de l'offusquer. J'avais encore besoin de sa collaboration.

Je fis le tour et pris place dans le siège du conducteur. Alain était un peu plus grand que moi alors je dus avancer le siège et ajuster les rétroviseurs. Il semblait endormi et je n'osais pas le réveiller. J'allais me résoudre à fouiller ses poches lorsque je vis le bouton de démarrage sans clé. Je l'actionnai et la voiture se mit à ronronner.

Un soupir de soulagement me quitta. Je fis demi-tour et rejoignis le bord de la rue. Une voiture de police et une ambulance passèrent en trombe. Une pointe de culpabilité me transperça la poitrine et je fis de mon mieux pour l'ignorer.

Sur la route, je vérifiai les rétroviseurs de manière compulsive, de peur d'être suivie ou attaquée. Mon regard se porta sur ma taille. Dans l'obscurité, elle diffusait une lueur dorée.

Une courbe plus serrée m'obligea à reporter mon attention sur la route. Je n'étais pas le genre à me laisser distraire au volant. La plume devait avoir un petit quelque chose d'hypnotique. Je la couvris avec le bas de mon pull pour éviter d'être distraite.

À mes côtés, la respiration d'Alain était lente et profonde. J'aurais bien aimé lui demander son opinion sur la suite. Nous avions causé une bonne dose de chaos et il y aurait certainement des répercussions. Je me sentais dans l'obligation d'avertir Karl au sujet de sa mère.

Je ne voyais pas comment lui expliquer la débâcle dans l'écurie. Avec un peu de recul, le feu n'était probablement pas ma faute, mais plutôt une manifestation du pouvoir de Sarah. Toutefois, si la Dame blanche venait à apprendre qu'elle avait perdu sa captive par ma faute, elle voudrait sûrement se venger. Le poil de mes bras se dressa à cette idée et je montai le chauffage.

Faute d'une meilleure idée, je pris la direction du centre des congrès de Lévis. Je rencontrai un ralentissement sur l'autoroute Henri IV et en profitai pour connecter mon smartphone sur le Bluethooth de la voiture.

Outre Karl, il y avait une autre personne qu'il me fallait contacter. Je remontai dans mes appels reçus et sélectionnai le numéro de Visdom. Il y eut deux sonneries puis sa voix grave résonna dans l'intérieur de la voiture.

– Ellie. Comment te portes-tu depuis notre conversation d'hier?

– J'ai fait une percée par rapport à ce dont nous avons discuté.

– Vraiment? Voilà qui est intéressant. Je suis tout ouïe.

Je plissai les yeux à son ton. C'était peut-être immature, mais je n'avais pas vraiment envie de lui donner l'information trop facilement. Surtout après ses explications alambiquées de la veille.

– Il pourrait s'avérer pertinent que Jörmun rende visite à la Dame blanche. Elle aurait joué un rôle central dans la disparition de Zhar.

Le dragon émit un grondement satisfait.

– Brave petite Ellie. Tu es brillante, pour une mortelle. Tu as résolu une énigme vieille de quinze ans, qui a échappé à d'autres esprits bien plus retors.

Je roulai des yeux à ses paroles condescendantes, mais souris malgré moi.

– As-tu la plume?

Je restai interdite. Comment avait-il su? Mon silence dut m'incriminer et il poursuivit.

– Connais-tu les propriétés de cette plume?

Je soupirai. J'aurais dû me douter qu'il n'y avait jamais rien de simple. Vu sa beauté et ses allures envoûtantes, la chose allait probablement semer le chaos et la ruine partout dans son sillage.

– Est-ce que je veux vraiment le savoir?

Cette fois, le grondement du dragon était amusé.

– Prends-en bien soin. Elle te mènera à l'Oiseau de feu. Je le verrais comme une faveur si tu voulais bien m'appeler lorsque ce sera le cas.

– J'en prends note.

Il me salua et je raccrochai. La plume me semblait dorénavant peser une tonne. J'aurais au moins une bonne nouvelle à annoncer à Karl. Arrivée dans le stationnement, je secouai doucement Alain. Il ouvrit les yeux et regarda de chaque côté, désorienté. J'attendis en silence pour éviter qu'il ne se sente menacé. Certains prédateurs réagissaient très mal lorsqu'ils étaient vulnérables. Il finit par se passer une main sur le visage. Ses joues avaient repris un peu de couleur.

– Je vais aller voir Karl, dis-je.

Il me lança un regard circonspect.

– Bonne chance.

Mes épaules tombèrent. J'avais espéré un peu plus de soutien. Frustrée, je le pointai du doigt.

– Préfères-tu lui expliquer comment nous avons failli tuer sa mère? Et que nous ne savons pas plus où elle est?

Il se frotta le menton, ses ongles râpant sa barbe naissante.

– Non, je te laisse ce plaisir. Si je le fais, il y a des chances pour que ça tourne à la violence.

Mes mâchoires se crispèrent à l'idée de danser autour de la sensibilité d'un prédateur. Quoique j'étais celle qui avait faussement redonné espoir à Karl. Mon irritation s'évapora à l'idée que j'allais probablement le lui arracher. Cette idée m'était étrangement douloureuse.

Je reculai le siège dans sa position initiale d'un geste brusque. Alain fronça les sourcils à mon intention. Je répondis à sa question silencieuse.

– Je ne pense pas que ça améliore la situation d'attendre à demain pour le lui annoncer.

Il secoua la tête et sortit de la voiture. Ses mouvements étaient saccadés, mais son équilibre semblait meilleur. Considérant que nous allions faire face à plusieurs dizaines de prédateurs, il avait intérêt à ne pas dévoiler la précarité de son état. L'un d'eux trouverait l'occasion trop belle pour la laisser passer et ça finirait en bain de sang. Je le rejoignis devant le capot.

— Est-ce que ça va aller? demandai-je.

Il pencha la tête d'un côté et de l'autre.

— Je vais devoir me nourrir, mais ça peut attendre à plus tard.

Un frisson me remonta la colonne. J'étais presque certaine qu'il ne parlait pas de nourriture conventionnelle. Comme je ne voulais pas servir de repas, je laissai tomber le sujet et me dirigeai vers l'entrée du centre. Je m'assurai de marcher d'un pas régulier pour qu'il puisse me suivre sans trop de problèmes. À défaut d'être d'attaque, il fallait au moins en avoir l'air.

Sur le palier, Sorcha fronça les sourcils à ma vue. Les cheveux roses de la Sentinelle contrastaient avec ses habits formels. Mon cœur se serra en repensant à Keiran qui nous avait accueillis de la même façon ce matin.

La désapprobation de Sorcha était palpable et je dus faire un effort pour redresser les épaules. Si je voulais me distancer de la meute, je ne pouvais plus laisser les Faoladh dicter ma conduite. J'avais l'intention d'être polie, mais ferme.

Je grimpai les dernières marches pour arriver à sa hauteur et la saluai. Elle envoya un coup d'œil interrogateur vers Alain, mais ne passa pas de commentaire. Son attention revint vers moi.

— Est-ce que le Windigo est encore ici? demandai-je.

— Dans la salle du fond. Ils viennent d'arrêter pour manger.

Je la remerciai et fis un pas dans cette direction. Elle m'arrêta d'une main sur le bras.

— Ellie... Fais attention. Il pourrait être dangereux.

Son inquiétude me surprit. J'avais grandi entourée par la meute. La notion de danger m'avait été inculquée très tôt et à répétition. Mais susciter ma peur était probablement une autre façon de contrôler mes actions. L'irritation creva la surface de mon calme.

— Je suis entourée de créatures dangereuses. Je suis toujours prudente.

Sa posture se raidit et elle acquiesça, les lèvres pincées. Je ne comprenais pas trop ce qui lui avait déplu dans ma réponse. Je hochai la tête en guise de salut et me dirigeai vers le fond du corridor. Alain me suivit avec un petit rire.

— Je crois que ton amie n'a pas aimé être mise dans la même catégorie que le croque-mitaine du monde surnaturel.

Je lui jetai un regard de biais. Le Windigo était peut-être une puissance à part, mais les Faoladh étaient loin d'être inoffensifs.

— Et toi, dans quelle catégorie te places-tu?

Il haussa les épaules.

— Je suis un mangeur d'âmes. Je n'ai jamais prétendu être un héros. Les Faoladh aiment bien se voir sous un meilleur jour que ce qu'ils sont réellement.

Je reportai mon attention vers l'avant sans répondre. La meute vivait selon des règles de vie strictes, mais la plupart d'entre eux avaient une interprétation plutôt souple de leur code de conduite.

À Rome, on fait comme les Romains et je n'avais jamais remis en question leur façon de faire. Si les Faoladh voulaient s'associer au Windigo, ils allaient devoir composer avec son mode de vie. J'avalai péniblement. Ce qui ne serait pas mon cas, car il n'y avait pas d'avenir pour Karl et moi.

Arrivée à la dernière porte, je me plaçai de biais pour observer sans être vue. La plupart des personnes présentes étaient éparpillées un peu partout dans la salle, en îlot de conversation. Je reconnus le duc Nikolaj, à l'autre extrémité du buffet, avec Christian et les Faes. Je serrai les dents à la vue de ces derniers. J'avais peut-être les traîtres juste sous mon nez. Sans preuve, je ne pouvais pas intervenir.

Mon regard poursuivit son chemin, pour finalement tomber sur Karl un peu en retrait avec les Shamans. Il avait trouvé un veston quelque part et son accoutrement était mieux accordé au reste du groupe.

En dépit de cette tentative d'intégration, quelque chose de difficile à nommer le démarquait des autres. Ce n'était pas son physique d'athlète, puisque la plupart des surnaturels étaient soit des prédateurs soit des adeptes du glamour. Ils avaient tous une apparence soignée, chacun à leur façon. Dans le cas de Karl, c'était plutôt une aura de puissance, tel un nuage orageux qui promettait de déchaîner sa violence en temps et en heure.

J'étais stupéfaite par mon propre aveuglement. Au premier regard, j'aurais dû savoir qu'il n'était pas humain. À la limite, notre première conversation aurait dû me mettre la puce à l'oreille. Je n'avais rien vu.

En le regardant interagir avec les autres surnaturels, je réalisai que j'avais vu ce qu'il avait voulu que je voie. Un jeune homme ordinaire et sympathique, prêt à rendre service. C'était là une preuve du contrôle qu'il exerçait sur ses capacités. La crainte devant un tel potentiel aurait été la réaction normale, surtout considérant ses propres aveux sur sa nature.

Je cherchai en moi la peur, ou encore le dégoût, mais je ne trouvais rien de tel. L'instinct de survie aurait dû me pousser dans une de ces directions. Mais j'étais incapable de ressentir autre chose que de l'admiration.

Il avait dévoué toute sa force de caractère à dompter ses instincts de tueur. Et malgré ses réticences, il utilisait maintenant cette arme redoutable pour jouer sur la scène politique. Les autres surnaturels n'avaient aucune idée du loup qu'ils venaient de laisser entrer dans la bergerie.

Après une bonne inspiration, j'entrai dans la salle et longeai le mur discrètement. J'espérais que mon camouflage magique m'aiderait à passer inaperçue, mais je préférais mettre toutes les chances de mon côté.

– Mm, délicieux.

Je me tournai pour voir Alain, la bouche pleine et la main dans le buffet. Il me tendit un baluchon de pâte feuilletée. J'ouvris la bouche pour refuser. Ce n'était pas le moment. Mon estomac protesta et je réalisai à cet instant que j'étais affamée.

Le déjeuner était loin et il était passé midi. Je tendis la main et pris la bouchée. Sucré-salé avec une note acidulée. Canneberge et brie probablement. J'attrapai une poignée de raisins à côté de moi et poursuivis mon chemin. La fraîcheur des fruits apaisa un peu ma soif. Je me dépêchai de les avaler.

J'allais attirer l'attention de Karl lorsque Nikolaj se tourna vers moi. Mes pieds se fixèrent au sol devant l'intensité de son regard. Peut-être que mon aptitude à l'invisibilité ne fonctionnait pas sur lui. Ou qu'il avait un contre-sort. Marc avait déjà mentionné ce type de magie. Nikolaj avança dans ma direction et me fit signe de le rejoindre.

– Bonjour. Ellie, c'est exact?

À la mention de mon nom, Karl se retourna brusquement. Plusieurs surnaturels autour de lui sursautèrent et prirent des positions défensives. Il devait leur avoir fait une forte impression.

Dans ma poitrine, un pincement de tristesse d'être porteuse de mauvaises nouvelles fit la guerre au plaisir de le revoir. Son regard m'étudia de la tête aux pieds. Rassuré par son inspection, il me rejoignit et se plaça à mes côtés. Je fis face au duc, incertaine de l'étiquette à observer.

C'était un dignitaire de la cour du Roi-Mage, mais les Faoladh ne reconnaissaient pas son autorité. Il agissait cependant à titre d'allié dans leurs démarches. Au final, la présence de ses gardes du corps m'obligea à conserver une distance respectueuse.

— Votre Altesse?

Le duc balaya l'air entre nous.

— Appelle-moi Nikolaj. Tu es donc la pupille des Faoladh.

Son regard alterna entre Karl et moi.

— Et la confidente du Windigo, ajouta-t-il.

Mon cœur se mit à battre à toute vitesse. Je tentai de garder une expression neutre, mais devant le sourire de Nikolaj, ma tentative dut échouer. J'optai pour une réponse évasive.

— Nous fréquentons la même université.

Il pencha la tête sur le côté, songeur.

— Vu ta relation avec les Faoladh, quelle est ta position sur l'indépendance des créatures surnaturelles en Amérique? Partages-tu l'opinion de tes tuteurs?

Je m'éclaircis la gorge. La plupart des personnes présentes s'étaient tournées vers nous et suivaient notre conversation. Je n'étais pas certaine d'aimer être le centre de l'attention. Comme le duc attendait ma réponse, je tentai de trouver quelque chose qui n'insulterait personne.

— Je n'ai pas vraiment d'opinion. L'important, c'est que la communauté surnaturelle prospère.

Il m'observa en silence. Si j'avais pu disparaître sous le tapis, je l'aurais fait. Finalement, ses lèvres s'étirèrent en un sourire amusé.

— Effectivement, c'est le bien de notre communauté que nous devons faire passer en premier. La jeunesse a toujours le don de nous ramener à l'essentiel.

J'ouvris la bouche pour faire mes excuses et m'éloigner avec Karl lorsqu'il fronça les sourcils.

— Tu émanes de la magie, mais pas la tienne.

Je croisai les mains devant moi et regrettai le geste lorsqu'il baissa les yeux. Difficile de savoir s'il avait perçu la magie léguée par Marc ou si c'était la plume du Zhar-ptitsa qui avait attiré son attention. Je n'avais aucune envie de mentionner ni l'un ni l'autre. Une bouffée de chaleur me monta du cou vers les joues.

Il fallait que je me sorte d'ici au plus vite. J'envoyai un regard désespéré à Karl. Ma diversion allait ruiner mes intentions, mais c'était le moindre mal.

— Je crois pouvoir vous aider à identifier les dissidents au sein des Clans et de la Faction.

Le duc haussa les sourcils de surprise et Karl inspira abruptement. Le silence se fit dans la pièce. Je réalisai avec un peu de retard que je venais de peindre une cible sur mon dos. Les traîtres allaient vouloir me faire taire. Je me dépêchai de poursuivre.

— J'ai fait la rencontre d'un témoin qui pourrait blanchir les Faoladh et identifier les responsables de l'agitation des dernières décennies.

Tout le monde se mit à parler en même temps. Je fis de mon mieux pour ne pas regarder les Faes. Au moins, ma mort ne leur serait pas aussi profitable sans l'identité du témoin. Le mage à gauche du duc leva une main.

— *Stillhet.*

Un courant électrique me remonta la colonne et ma mâchoire se crispa. J'essayai d'ouvrir la bouche, mais l'articulation refusait de coopérer. Le silence revint dans la pièce. Nikolaj remercia son garde du corps d'un hochement de tête. Il s'avança vers moi tandis que son regard faisait le tour de la pièce.

— Je suis impatient de rencontrer ce témoin.

J'avalai ma salive difficilement. Vu les regards échangés dans la salle, le sous-entendu était clair. Il n'y aurait pas de clémence pour les agitateurs. Je cherchai une façon diplomatique d'expliquer la situation de Sarah. Son identité devait rester secrète le plus longtemps possible. Mais je ne pouvais pas me permettre qu'ils doutent de ma parole.

— Le témoin est indisposé, mais je vous assure qu'il se présentera à vous dès qu'il en sera capable.

— C'est commode, grommela quelqu'un dans mon dos.

J'inspirai et concentrai mon attention sur le duc.

— Je vous demande seulement d'accorder le bénéfice du doute aux Faoladh et de parler au témoin lorsqu'il se présentera à vous.

Il soupira de façon à peine perceptible. Son masque de politicien glissa quelques secondes avant de revenir en place. Je savais qu'il avait quitté la Cour pour éviter les intrigues et les disputes de ce genre. Des excuses me vinrent aux lèvres, mais je les retins. Elles auraient été creuses de toute façon. Il s'adressa à Karl.

— Vous m'avez fait la même demande.

Karl acquiesça et Nikolaj se tourna vers Christian.

— Bien. Ma seule exigence est que vous passiez vos troupes en revue. Une deuxième insubordination sera considérée comme une trahison de la part de la meute entière.

Christian serra les dents. Il avait déjà du mal à reconnaître la juridiction du Roi-Mage en sol nord-américain. Cet ordre allait sûrement lui donner des brûlures d'estomac pour les jours à venir. Malgré tout, il acquiesça d'un geste de tête gracieux. Nikolaj reporta son attention sur moi.

— Advenant le cas où ton témoin ferait défaut de se présenter, un de mes lieutenants te contactera.

Sur ce, il me salua d'un signe de tête et se dirigea vers une table plus loin. Mon souffle me quitta d'une traite et le soulagement me fit voir des points noirs. Karl mit une main sous mon coude et m'entraîna dans le corridor, Alain sur nos talons. Il se dirigea vers une autre porte d'un pas rapide et je dus trotter pour le suivre. Il passa la tête pour vérifier que l'endroit était vide et nous fit signe d'entrer.

Cette pièce était plus petite et servait probablement de débarras pour ranger les chaises de réception empilables. Je tournai sur moi-même alors qu'il refermait la porte. Il fit signe à Alain et pointa le corridor du menton.

– Peux-tu t'assurer que personne ne nous entende?

Alain grimaça, mais se dirigea vers la porte. Il y posa une main à plat et marmonna. Une pression dans mes oreilles me fit secouer la tête et je bâillai pour soulager mes tympans.

– Ça devrait déjouer les amateurs, mais il vaudrait mieux chuchoter, au cas où.

Karl acquiesça avant de se tourner vers moi. Sa main se posa sur ma taille et son regard m'inspecta à nouveau. Je baissai les yeux et constatai que mon apparence était loin d'être impeccable. J'avais des traces de suie sur mon pull et mes genoux étaient tachés de vert par mon atterrissage forcé. Je n'osais pas imaginer dans quel état étaient mon visage et mes cheveux. Je lui offris une grimace amusée.

– Je suis en un morceau. Plus de peur que de mal.

Il fronça les sourcils et inspecta Alain. Ce dernier agita une main.

– Même chose. Fatigué. J'ai dépensé pas mal d'énergie pour nous sortir d'une mauvaise situation.

Karl me relâcha et ouvrit de grands yeux.

– Vous l'avez trouvée.

C'était à la fois une question et une déclaration. L'espoir était facile à reconnaître et mon cœur se serra pour lui. J'acquiesçai et lançai un regard de biais à Alain pour voir s'il voulait expliquer la situation. Karl reprit avant moi.

– Comment va-t-elle?

Je retroussai le nez. Sa mine s'assombrit et je m'empressai de poursuivre.

– Physiquement, elle avait l'air correcte. Elle était un peu secouée par sa captivité prolongée. Elle n'a pas voulu rester.

Il relâcha son souffle et ferma les yeux. Enfin, il hocha la tête et me sourit.

– Je m'y attendais un peu. J'ai fait une recherche sur les Oiseaux de feu avant de prendre part aux discussions. Ce sont des créatures sauvages et capricieuses. Et avec un dragon pour père, ça n'a pas dû améliorer les choses. Après autant de temps passé en captivité, je ne m'attendais pas à ce qu'elle revienne directement vers la civilisation.

L'idée de Sarah face à Jörmun me fit écarquiller les yeux. Voilà une réunion de famille à laquelle je n'avais pas envie d'assister. Ses retrouvailles avec Karl allaient sûrement faire des flammèches aussi, sans mauvais jeu de mots. Je lui souris.

– Tu lui ressembles beaucoup.

Mes doigts me démangeaient de toucher ses pommettes au souvenir du visage de sa mère. J'avalai péniblement à l'idée qu'il valait mieux ne pas encourager de proximité entre nous. Il me jeta un regard amusé, loin de se douter de la direction de mes pensées. Alain émit un grognement ironique et s'appuya contre le mur.

– Sauvage et capricieux. Je suis presque sûr d'avoir utilisé ces mots pour te décrire quand tu étais enfant.

Mes joues se mirent à brûler. Ce n'était pas le sens que j'avais voulu donner à mes paroles. Je roulai des yeux, exaspérée.

– Physiquement. Vous avez la même carrure, le même regard. Ta couleur de cheveux rappelle la sienne.

Karl sourit.

– Merci.

Mon cœur se mit à battre un peu plus vite. Je haussai les épaules pour masquer mon malaise.

– Ça ne règle rien dans l'immédiat.

– Tu nous as donné du temps. C'est le principal.

Son smartphone sonna dans sa poche. Il soupira et lui jeta un coup d'œil. Les sourcils froncés, il le remit à sa place et se massa les tempes.

– Ils vont me donner des cheveux blancs.

Ce rappel me fit l'effet d'un électrochoc. Si nos réalités étaient bien différentes au départ, elles l'étaient encore plus maintenant.

– Je te laisse y retourner, dis-je. Je vais profiter du fait que Christian et Bridget sont occupés pour emballer mes affaires.

Alain se racla la gorge et fit mine de s'intéresser aux caisses dans le fond de la pièce. Je reportai mon attention sur Karl, perplexe. Il me regardait avec une drôle de tête.

– Quels sont tes projets? demanda-t-il.

Son ton neutre me fit plisser des yeux. J'espérais pour lui que c'était simplement de la curiosité.

– Geneviève va m'héberger le temps que je trouve quelque chose.

Il prit une profonde inspiration et le tissu de son veston se tendit, visiblement trop ajusté pour ses épaules musclées. J'obligeai mon regard à revenir vers ses yeux.

– J'habite dans un duplex, dit-il. Alain occupe l'appartement à l'étage et j'ai tout le rez-de-chaussée. L'endroit est bien assez grand pour nous deux.

Je secouai la tête, la gorge serrée.

– Hors de question. Tu en as déjà assez à t'occuper. Pas besoin d'y ajouter une demoiselle en détresse.

Il croisa les bras, visiblement frustré par mon refus. C'était ma journée pour contrarier des prédateurs. Un de plus, ou un de moins, à ce stade-ci, ça ne faisait plus aucune différence. J'imitai sa position, bien décidée à tenir le cap sur mon idée.

– Et qu'est-ce que tu vas faire lorsque les vampires attaqueront ta meilleure amie pour se venger? Ou si le dragon te paye une visite? Ou encore un des dissidents, qui souhaiterait te faire taire?

Mes épaules s'affaissèrent et je détournai la tête. Il avait raison. Je ne pouvais pas apporter mes problèmes chez un humain normal. La défaite avait un goût amer dans ma bouche. J'étais prise entre l'arbre et l'écorce. Je ne pouvais pas prendre mes distances des Faoladh au prix de la vie de mes proches, ou de la mienne.

Karl dut deviner que j'allais accepter sa proposition, car son regard s'illumina. Il eut le bon sens de ne pas sourire.

– Chambre à part, répondis-je.

Il ouvrit la bouche et la referma sans rien dire. Je haussai les sourcils. Cette entente n'aurait certainement pas de bénéfices à la remorque.

– Si c'est ce que tu veux, dit-il d'un ton prudent.

Je me sentis obligée de me justifier.

– Tu as de nouvelles préoccupations, avec ton implication politique. Je veux finir mes études. Ce n'est pas le moment de...

J'agitai une main entre nous, incertaine du nom à donner à notre relation. Il acquiesça avec une mine circonspecte.

– D'accord. Je vois. On prendra les choses à ton rythme.

La mâchoire me décrocha. Il n'avait absolument rien compris. Quelqu'un frappa avec insistance à la porte et Alain revint vers nous avec un visage neutre. Notre discussion venait de connaître une fin abrupte. Karl mit une main sur ma taille et déposa un baiser sur mon front. Une volée de papillons s'égaya dans mon ventre. Je le fixais avec de grands yeux, incapable de trouver les mots pour le rabrouer. Il me sourit.

— Alain va te donner un coup de main pour emménager.

Comme j'allais protester, il leva une main.

— Ne serait-ce que pour te donner une copie de la clé.

Je pinçai les lèvres et acquiesçai. Alain donna une tape dans le dos à Karl en passant à côté. Il traça un symbole dans les airs devant la porte. La pression dans mes oreilles s'équilibra à nouveau et je me frottai les joues pour faire passer la sensation.

Karl ouvrit la porte et s'adressa à la personne dans le corridor. La voix ressemblait à celle d'un des mages, mais j'aurais été incapable de dire lequel. Après un dernier coup d'œil vers moi, il sortit dans le corridor et emmena son interlocuteur. Alain me fit signe.

— Mieux vaut partir tout de suite, tandis que personne ne nous court après.

Je montrai les dents.

— Qu'ils viennent.

Il me sourit.

— Je ne sais pas pourquoi, mais j'ai le pressentiment que tu vas être une coloc divertissante.

Je secouai la tête et le suivis dans le corridor. L'amusement faisait la guerre à l'exaspération et je ne savais pas trop comment réagir à l'évidente satisfaction d'Alain. J'avais échangé des loups-garous surprotecteurs contre un démon casse-cou et un justicier cannibale. J'espérais ne pas regretter ce choix.

Notre plan fonctionna sans encombre. Jusqu'au hall d'entrée. Bryan nous tournait le dos, son smartphone à l'oreille. J'échangeai un regard avec Alain et il me fit signe de tourner les talons. Au même moment, Bryan raccrocha et nous fit face. Son regard surpris alterna entre les escaliers et moi. Je soupirai, sachant que je ne me sauverais pas si facilement.

Je lui fis un salut de la main et tentai de poursuivre mon chemin. Il avança de quelques pas pour m'intercepter.

– Ellie, est-ce que ça va?

Je haussai les sourcils à sa question et il pointa mes vêtements en réponse. J'époussetai mon pull par réflexe, mais ça ne fit qu'étaler la suie. J'agitai une main désinvolte à son intention.

– Rien de grave. Je te laisse retourner à tes obligations.

Ses lèvres se pincèrent à mes mots. Il secoua la tête d'un air attristé.

– Je sais que tu es fâchée à cause de toute cette histoire avec le Windigo.

Je croisai les bras, les mâchoires crispées. À ma connaissance, Bryan s'était toujours opposé à ma présence parmi la meute. Je n'étais pas certaine d'avoir envie d'écouter ses explications. De toute façon, il aurait bientôt ce qu'il voulait et je serais partie.

– Ne laisse pas ce malentendu gâcher ta relation avec Christian.

J'étouffai un rire ironique et levai les yeux au ciel pour contenir les larmes qui menaçaient de déborder. Il secoua la tête.

– Ce n'est pas comme ça que ça s'est passé. J'étais là quand nous t'avons secouru.

J'avais l'impression d'avoir un bloc de roche sur la poitrine. Je forçai les mots à sortir pour lui répondre.

– Je n'ai jamais été l'une des vôtres. Il y a toujours eu une date d'expiration à mon statut. Je ne m'en étais simplement pas rendu compte.

Il prit une mine horrifiée.

– Non, voyons Ellie.

Il se passa une main sur le visage.

– Ça n'a pas toujours été facile. Surtout que tu passais ton temps à disparaître et réapparaître sans crier gare. Mais tu as permis à la meute, et surtout aux aînés, de se rappeler que nous ne pouvons pas oublier les simples humains lorsque nous prenons des décisions. Le massacre du lac Carheil nous a tous rappelé que les normaux autant que les surnaturels payaient le prix de nos luttes de pouvoir. Et ta présence parmi nous était une preuve de notre résolution de faire changer les choses.

Des larmes me brouillèrent la vue et je clignai des yeux à plusieurs reprises. Il s'avança vers moi et me serra contre lui. Je refermai mes bras autour de son torse. J'avais toujours pensé qu'il me tolérait au mieux. Geneviève avait raison. Ma décision de partir était la bonne, mais je ne pouvais pas le faire en coupant les ponts. Une fois la poussière retombée, j'allais devoir discuter de tout ça avec mes tuteurs.

Je pris une profonde inspiration, soulagée d'en être arrivée à ce compromis. Bryan me relâcha et me tint à bout de bras. Il me sourit, des pattes d'oies apparaissant aux coins de ses yeux.

– Ne fais rien de stupide.

Mes yeux roulèrent d'eux-mêmes et il eut un petit rire. Il salua Alain de la tête et reprit la direction des escaliers. J'essuyai mes joues avec la manche de mon gilet, un des seuls endroits encore propres.

Devant moi, Alain poussa la porte et une bouffée d'air frais me fouetta le visage. Je sortis et levai les yeux vers l'immensité du ciel bleu. Rien n'était jamais facile. La vie m'avait servi cette leçon à plusieurs reprises. Mais elle valait toujours la peine d'être vécue. Les prochaines semaines amèneraient certainement leurs lots de complications, mais je serais vivante et bien entourée pour y faire face.

À suivre dans L'ENNEMI DU WINDIGO

DANS LE MÊME UNIVERS

Windigo, fantasy urbaine
La proie du Windigo
L'ennemi du Windigo
La chasse du Windigo

La Coureuse des grèves, fantasy urbaine
Les eaux empoisonnées
Les flots ensorcelés
Les vagues fugitives
Le ressac meurtrier
Le torrent captif
La cascade déchaînée

Phoenix, fantasy urbaine
La captive du dragon – sortie prévue le 19 décembre 2024

AUSSI DISPONIBLES

La Chronique des Joyaux, fantasy épique
Le crépuscule violet
L'aurore carmin
Le zénith nacré

La série Dominix Kemp, space opéra
Gemellus
Similis
Dominus

REMERCIEMENTS

Je tiens à remercier mon supporteur numéro un, mon cobaye, mon directeur artistique improvisé, mon mari et chef cuisinier : David. C'est grâce à toi si je trouve la motivation de terminer chacune de ces histoires. Un gros merci à mes lecteurs bêta : Jessy, Sarah-Louise, Valérie et Lori Anne. Vos commentaires sont toujours pertinents. Merci à mes amis écrivains, Isabelle et Philippe, pour leur soutien et ces précieux échanges d'information. Et à vous, chers lecteurs! Merci d'être au rendez-vous une fois de plus.

À PROPOS DE L'AUTEURE

Mélanie est originaire de la banlieue ouest de Montréal, au Québec. Déjà à 10 ans, elle passe une bonne partie de ses nuits à lire sous les draps avec une lampe de poche. Le reste du temps, elle rêve d'écrire ses propres histoires. À 17 ans, elle quitte sa ville natale pour poursuivre ses études. Elle rencontre son conjoint dans le Bas-du-Fleuve et lui offre une vie de servitude en échange de bons repas. Finalement, c'est lui qui cuisine et c'est mieux ainsi. Ils habitent en banlieue de la ville de Québec avec leurs deux merveilleux enfants et un chien affectueux, mais pas très brillant. Ses plaisirs coupables sont le chocolat et les romances paranormales.

Rejoignez l'auteure sur ces réseaux
Site Web : melaniedufresne.com
Boutique : melaniedufresne.shop
Facebook : www.facebook.com/MelanieDufresneEcrivaine
Instagram : www.instagram.com/melanie_ecrit

9 782981 929037